0 centimes l'Ouvrage complet.

Collection " In Extenso "

Paul FAURE

LES SŒURS RIVALES

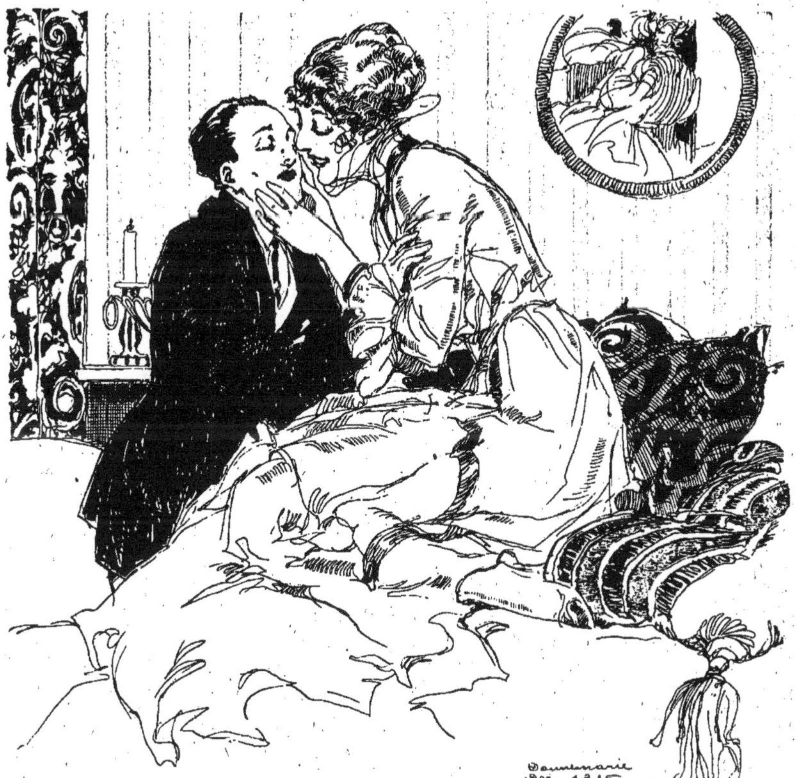

Illustrations
de RENÉ VINCENT

LA RENAISSANCE DU LIVRE
78, Boulevard Saint-Michel — PARIS

LES SŒURS RIVALES

LISTE DES VOLUMES

Franco : France... ... 0 fr. 60, Étranger... ... 0 fr. 70

LES SŒURS RIVALES

ROMAN

ILLUSTRATIONS DE RENÉ VINCENT

PARIS

LA RENAISSANCE DU LIVRE

78, BOULEVARD ST-MICHEL 78

PAUL-FAURE

M. Paul-Faure, qui passait tout récemment le fatidique cap de la quarantaine — il est né à Bordeaux, le 12 janvier 1876 — n'a pas à son actif une œuvre abondante, et je l'en loue. Nous vivons en un temps où bon nombre de gens de lettres vident leurs fonds de tiroirs deux ou trois fois par an et publient toutes les rognures qui s'y trouvent : pratique déplorable ! Bravo donc à l'auteur de *Sœurs rivales* d'agir autrement.

Et cependant, il n'avait que dix-huit ans alors qu'il publiait son premier livre : *André Kerner*, en tête duquel se trouve une lettre-préface où M. Pierre Loti note « le gentil parfum de jeunesse » de ce roman. *André Kerner* est, en effet, par excellence un livre de jeunesse. De tels efforts sont intéressants en ce que s'y marque le futur tempérament de celui qui les produit. Je laisse de côté dans celui-ci un orientalisme d'imagination — et d'occasion — pour retenir une mélancolie pénétrante, et le sentiment latent — et non sans force — de l'hostilité du destin.

Puis M. Paul-Faure voyagea. Sa fantaisie le conduisit en Espagne et en Italie. Finalement, il se fixa en pays basque. Comme on dit, il avait trouvé sa voie. Cette terre, où désormais il allait vivre, ces gens parmi lesquels il évoluerait, ce ciel sous lequel il rêverait répondaient à ses aspirations : il en pénétra l'âme, et c'est cette âme dont il sut enclore une large part dans le roman que l'on va lire ici et qui parut tout d'abord sous le titre *la Chapelle enchantée*.

« M. Paul-Faure me ravit par l'étroite concordance de sa mélancolie avec ce rude et amer pays basque dont il a dit si merveilleusement la beauté », en a écrit M. Le Goffic ; et M. Louis de Robert déclare M. Paul-Faure : un homme qui a le goût du silence et de la solitude, qui a cette qualité de nerfs grâce à quoi on saisit, on comprend le secret de certains lieux, leur charme presque ensorcelant et pourquoi telle forme est émouvante ».

Cet éloge dit bien ce qui caractérise la manière de M. Paul-Faure : ce triste pessimiste a eu la bonne fortune — bonne pour son œuvre tout au moins — qu'il lui fut loisible de se fixer aux lieux où son pessimisme, sa tristesse pouvaient se nourrir de la tristesse du paysage, se fortifier de la mélancolie ambiante.

Les Sœurs rivales en sont nées. Est-ce à dire que ce second roman soit exempt de toute maladresse? Non pas. Mais ces maladresses sont ici une vertu : le lecteur leur doit d'éprouver plus directement, plus complètement la qualité d'âme de l'auteur.

Fromentin me paraît le père spirituel de M. Paul-Faure. Celui-ci sent-il cette filiation? je l'ignore ; mais elle est à mes yeux évidente. Rapprocher un romancier de l'auteur de *Dominique*, c'est le louer justement. Peut-être M. Louis de Robert songeait-il à cette parenté élective quand il félicita M. Paul-Faure d'avoir « une façon pour ainsi dire tactile de saisir les moindres objets ». Cette façon a fait des *Sœurs rivales* un livre à part, et qu'il faut lire.

LES SŒURS RIVALES

Au plus fraternel de mes amis,
A Louis de Robert, poète, je dédie ce roman.
                                              P. F

PREMIÈRE PARTIE

Je suis arrivé au pays basque. Ce printemps marquera ma quatrième venue en ce coin de province qui, par plusieurs côtés, agit sur moi à la façon d'un être cher. Petit pays auquel je dois des impressions diverses: des chagrins, des plaisirs, et autre chose encore, un sentiment complexe où je démêle de la jalousie, jalousie à la pensée que tout le monde peut l'habiter, jalousie surtout d'entendre certains le dépeindre avec justesse, car je voudrais être seul à l'aimer. Très rares sont, heureusement, ceux qui perçoivent les mille nuances de son charme. Beaucoup de gens le visitent, le trouvent beau, et ne voient rien derrière cette beauté. La majesté des paysages basques s'impose à tous; mais pour jouir de leur atmosphère il faut une sensibilité affinée, des nerfs un peu las d'avoir trop frémi.

Quand m'est apparu du train le village maritime de Guéthary, j'ai eu de l'émotion, parce qu'en venant de France, il est le premier endroit vraiment basque. Guéthary, c'est, à gauche, fermant l'Espagne, la chaîne à peine tourmentée des Pyrénées et, à droite, la mer. C'est aussi et surtout, les maisonnettes étincelantes et gaies, les murs blancs des joueurs de pelote, les routes sinueuses où s'en vont les grands chars des fermes, au pas massif et paresseux des bœufs coiffés de laine, dont les têtes balancées s'immobilisent soudain lorsque le conducteur donne le signal d'arrêt, qui est un cri guttural et un geste des bras.

Et mon cœur a tremblé quand le train s'est arrêté à ce Saint-Jean-de-Luz où je passe toujours de longs mois. A la gare, ils sont quatre ou cinq, commissionnaires, employés, cochers, dont l'absence diminuerait

La fanfare venait d'attaquer le premier fandango
(p. 7).

mon émotion de l'arrivée. On est tellement habitué à les voir qu'ils finissent par faire partie intégrante du décor, au même titre que le pont et la vieille église. Cette année,

Dieu merci, ils sont tous là, avec leurs gestes de musards, leur tête qui semble ne jamais vieillir, leurs bâillements et leur bavardage. Et comme autrefois, comme l'été dernier, mes yeux rencontrent tout d'abord le cocher Georges, son gilet rouge, son béret sur l'oreille, ses mains dans les poches. Sitôt mis pied à terre, j'ai eu des timidités, des gaucheries pour prendre mes bagages, pour serrer quelques mains. J'étais embarrassé. Il me semblait laisser deviner le tremblotement de mon âme.

... J'écris ces lignes de la pâtisserie espagnole située sur la place principale. Il fait ce vent de sud si particulier au pays. Mais aujourd'hui il ne souffle pas, ne s'entend pas. Sa chaleur a la légèreté d'une haleine; la peau en est impressionnée comme d'un attouchement subtil. Vent du sud ! Vent magique ! Quand il vient ainsi en brise molle, du silence ouate l'air, une torpeur pèse sur les gens, le ciel se creuse, les couleurs des prairies, les teintes des montagnes s'avivent, la mer est muette et sans lames. Cet après-midi, il fait un petit, petit soleil, dont la lueur blonde rampe sans force, met sur les routes des clartés mates pareilles aux reflets d'un sable jaune. Combiné à ce vent d'Afrique, il est tiède, de la tiédeur douce qui règne dans les pièces vitrées, dans les serres. Temps étrange qui porte à parler à voix basse, à faire peu de gestes, à marcher lentement. Dans la petite ville, le mouvement est nul. Les rues sont désertes. Sur les bancs de la place, de rares flâneurs sont assis, en des attitudes de rêvasserie et de sommeil. Une femme berce un enfant; un prêtre, du bout de sa canne, dessine sur le sol ; une fillette qui joue avec un cerceau et frappe dans ses mains parvient à peine à remuer le silence; un jeune malade, le cou enveloppé de foulards, passe et repasse à petits pas de vieillard. Les heures sonnent, et c'est tout.

Pourquoi ce pays est-il attachant, séduisant ? C'est ce que je ne saurais dire. Il est si difficile de découvrir les raisons pour lesquelles nous aimons des êtres et des choses ! Sa beauté n'y est sans doute pour rien. J'ai vu d'autres contrées certainement plus belles. Jamais elles ne m'ont procuré cette volupté un peu amère que dégage la terre basque. Le caractère dominant de ce pays est un charme infiniment mélancolique, une tristesse de cimetière, une paix de choses abandonnées. Tout ce qui est neuf et bruyant y détone; par contre, il enchâsse à merveille ce qui est vieux et délabré, ce qui sent la poussière et la mort, les murs fendillés et moussus, les jardins délaissés, les arbres séculaires ; son silence est bien fait pour recueillir les bruits rares et sourds, le cri guttural des bouviers, la chanson lente des pasteurs, les sons fanés des vieilles cloches. Il est encore le pays dont l'atmosphère porte aux actes tragiques, prédispose au surnaturel. Quiconque en est imprégné s'explique qu'il fut jadis le lieu d'élection des sorciers. Il est le pays de l'automne et de minuit. Tout contribue à le rendre tel ; tout, jusqu'aux oiseaux de ses bois et de ses montagnes. Dans la région sauvage d'Urrugne, quand viennent les ténèbres, un monde singulier s'éveille; des chouettes vous frôlent de leur vol mou; au loin, hors des routes, des hiboux emplissent le silence de leur cris d'égorgés. Ce coin de la terre semble créé pour les drames. Il est le pays du mauvais souffle.

Il ressemble si peu aux autres porvinces qu'on a, dès son seuil, l'impression d'être loin de France. Il est seul. La vie semble s'arrêter à ses frontières. Ses campagnes sont presque désertes. Ce caractère insolite marque aussi ses habitants. Ils sont noblement dédaigneux, de geste sobre; et leur visage a fini, à la longue, par s'imprégner de la mélancolie ambiante. Lorsqu'on les rencontre, ils semblent venir de nulle part et aller nulle part. Ils ont l'air d'errer pour le simple plaisir d'errer à travers le silence; s'ils chantent, leurs chansons sont funèbres et lentes. Pourquoi ce pays est-il ainsi triste et comme frappé d'un sort Peut-être parce qu'il est vieux ; peut-être bien aussi parce que, derrière un côté de ses frontières, dorment des provinces d'Espagne qui, déchues et sans vie, leur envoient un souffle de mort...

Tel est le pays où je connus Marie, sa sœur Marthe, et où se trouve la Chapelle Enchantée.

II

La première fois que je rencontrai Marie, c'était à Saint-Jean-de-Luz, aux dernières fêtes de Pâques, il y a un peu plus de trois mois.

La fanfare municipale jouait, ce jour-là,

sur la place Louis XIV, qui est le lieu habituel des promenades et des réjouissances. Je faisais les cent pas autour du kiosque avec mon ami Pierre Feutrier. Il paraissait préoccupé. A ses silences, à sa façon de me répondre, je devinais chez lui le désir de m'expliquer son inquiétude, et le malaise de ne pas oser. Profitant d'un silence qui devenait gênant à force de se prolonger, je me décidai à lui demander ce qu'il avait.

— Moi ? Rien, mais rien...

— Allons, votre voix vous trahit. Est-ce donc inavouable ? fis-je en riant.

— Après tout, je puis bien vous parler, à vous. Inavouable ? Non, assurément non ; mais, à mon âge, à quarante ans, c'est sot et triste.

— Et c'est ?

— J'aime.

— Sot, non. Triste, cela dépend.

— Je dis triste parce qu'il s'agit d'une jeune fille.

— Elle est ici ?

— Oui. Vous la connaissez peut-être : Marie Villiers.

— *Vous l'aimez... le sait-elle ?*
— *Je l'ignore.*

Elle vient tous les ans avec son père et sa sœur. La mère est morte.

— Villiers, Marie Villiers... En effet, il me semble avoir vu ce nom sur la liste des étrangers. Je ne la connais pas.

— Tenez, la voici.

Deux jeunes filles d'environ vingt ans passèrent. L'une, blonde et très jolie ; l'autre, sans beauté, mais très gracieuse. Elles répondirent à notre salut par un sourire et une inclination de tête.

— Et Marie, c'est la jolie, la blonde ?

— Naturellement.

— Vous l'aimez, vous... mais elle ?

— Elle ? Je ne sais. Je n'essaierai pas de savoir. A quoi bon ? Je pars bientôt. Je devrais être déjà parti ; et cette fois mon consulat est loin. Je vais à Tiflis. Je reviendrai Dieu sait quand ! Mais comment la trouvez-vous ! Jolie, n'est-ce pas ?

— Très jolie, indiscutablement très jolie. Et vous la connaissez beaucoup ?

— Beaucoup, non ; mais il me serait facile d'entrer en relations suivies avec sa famille. Sur les plages, ici surtout, on se lie vite ; mais puisque je pars demain, je préfère m'en tenir là.

— Vous l'aimez... le sait-elle ? s'en doute-t-elle ?

— Je l'ignore.

Le ton avec lequel il me fit cette réponse ne permettait aucune insistance sur cette partie de sa confidence. D'ailleurs, il changea vite de question. Il ajouta :

— Vous la trouvez jolie... mais est-ce tout, est-ce tout ? je l'ai à ce point dans la tête, que je ne puis croire que tout le monde n'en soit pas amoureux. Je le sais, c'est très enfantin, ce que je dis là ; après tout, je ne suis sans doute pas le premier à raisonner ainsi.

— Oui, je comprends. On se fait difficilement à la pensée que la femme qu'on aime, qui change, transforme, bouleverse notre vie, puisse laisser indifférents d'autres hommes. Cela paraît impossible, cela est. Ainsi, moi, je la trouve jolie ; mais quant à m'inspirer le moindre petit désir...

Là devait se borner notre conversation sur Marie. La fanfare venait d'attaquer le premier *fandango*. La foule arrivait de tous côtés. Sous les arbres, des danses s'organisaient. Des amis nous entraînèrent au café qui fait face au kiosque de musique. Nous ne pûmes continuer. Le lendemain, j'allai à la gare serrer la main à Pierre Feutrier. Il était entouré de trop de monde pour que je pusse lui parler librement de Marie. Il m'a écrit depuis. Dans sa dernière lettre, datée de Tiflis, il m'annonce sa guérison en deux lignes de post-scriptum. Il ne l'aime plus et n'y pense presque plus.

. . . .

La semaine d'après son départ (c'était un mardi, à la plage), je fus présenté à Marie, à sa sœur Marthe et à leur père. Des amis communs, notre attachement au pays basque, établirent entre nous des liens rapides. Je fus tout de suite conquis par M. Villiers et je crois que j'eus très vite son estime. J'éprouvai pour lui une sorte d'affection filiale. Dès les premiers jours, il me fit l'effet d'un homme foncièrement bon. Je ne me trompais pas. Il l'est. Sa bonté se manifeste par tous les moyens qui nous permettent de lire un peu au fond des êtres. Ses gestes sont lents ; sa tête est toujours penchée un peu à gauche, dans cette attitude propre à ceux qui écoutent avec bienveillance ; la douceur de sa voix, toujours égale, s'allie à la justesse de ses paroles ; un fin sourire accentue la tranquillité de son visage. L'harmonie de ses gestes, de sa voix, de son sourire, règne sans effort. Elle est naturelle. Elle a la grâce d'une belle âme qui se répand.

Ainsi, l'impression forte qui marqua le début de mes relations avec les Villiers me vint du père. Elle a laissé dans ma mémoire l'empreinte des sensations initiales.

Je me rendais à la plage chaque jour avant midi. Je m'arrêtais tout d'abord à la terrasse de l'établissement de bains. Large, toujours fraîche, elle est la station à laquelle chacun fait halte avant de descendre sur le sable. On s'aborde, des groupes se forment, on bavarde, on potine, les femmes installées sur les bancs, les hommes sur la balustrade de pierre qui borde la terrasse et l'escalier. Baigneurs emmitouflés dans leur peignoir, promeneurs en flanelle claire, tout le monde se connaît et se coudoie. Des amateurs photographes guettent les baigneuses. Des peintres fixent le paysage. De cette foule monte un brouhaha continuel, coupé par la clochette d'un marchand de sorbets, par la respiration de la mer, par le bruit sec que font, en s'ouvrant et en se fermant, les portes des cabines. Après une heure de causerie sur la terrasse, je descendais à la plage, m'arrêtant avec les uns et les autres, sous les larges parasols rayés blanc et rouge. J'allais en dernier lieu à la tente des Villiers. Ils n'arrivaient qu'à midi, Marthe et son père les premiers, Marie un peu plus tard.

De quel cœur tranquille je la voyais venir alors! Avec quelle indifférence, quels nerfs calmes je lui serrais la main ! Qui m'eût dit que plus tard, quand je verrais la tache de sa robe apparaître, traverser la terrasse, descendre l'escalier, suivre le petit chemin de planches conduisant à la tente, qui m'eût

dit que le simple fait de son approche me donnerait des battements de cœur, des timidités, des gaucheries de petit garçon!

Elle arrivait. De loin, elle nous faisait signe avec son ombrelle. Elle marchait d'un petit pas qui la distinguait entre toutes les femmes. Elle avait un éventail dont elle ne se séparait jamais; manié par ses doigts, il prenait une âme, elle lui communiquait sa vie. Marie parlait vite, l'éventail battait vite; elle parlait lentement, l'éventail battait lentement; elle écoutait, il s'arrêtait. Petit éventail à la monture de laque, au papier noir illustré de fleurs roses, j'entends encore son léger bruit d'oiseau. Je le revois aussi nettement que les cheveux de Marie, les lourdes nattes blondes sur la lumière dorée desquelles tremblait la souple et large paille d'un chapeau qui la couvrait comme d'une aile.

Quand Marie était installée sous la tente, Raymond, le marchand de sorbets, la sachant friande de ses glaces, arrivait aussitôt, signalé par une clochette.

— Voilà Raymond! voilà Raymond! s'écriait Marie, en battant des mains.

Raymond enlevait le couvercle du réservoir où trempaient ses glaces, et, les coudes sur les hanches, vantait sa marchandise. « Du nouveau aujourd'hui », annonçait-il. Ce nouveau n'avait rien d'inédit. C'étaient toujours les mêmes petits cônes roses, verts, jaunes, très faiblement parfumés à l'essence d'où ils tiraient leurs noms. Marie, telle une petite fille, les yeux battants de gourmandise, écoutait avec une attention extrême. Elle se dégantait, relevait sa voilette, promenait un doigt inquiet sur les glaces et l'arrêtait tout à coup :

— Celle-ci.

Mais elle avait vite fait de se raviser.

— Non, celle-là.

Par taquinerie, nous la poussions à changer. Elle tournait la tête à gauche, à droite, nous interrogeait des yeux.

— Non, tenez, Raymond, celle au café... donnez-moi la glace au café.

Mais je lui vantais le sorbet au citron. Sa bouche tressaillait alors, comme si elle eût senti la saveur acide du fruit ; et son doigt, plus indécis encore, indiquait d'autres glaces, hésitait, ne savait pas.

— Voyons, choisis, à la fin! lui disait Marthe, très doucement, comme à une sœur toute petite, comme à une enfant gâtée.

Alors, elle se décidait. Son père souriait. Raymond hochait la tête et riait.

Un jour, je dis à Marie à propos de ces sorbets :

— Vous êtes indécise, je vous plains. On souffre beaucoup de l'indécision.

— Cela dépend, monsieur, je suis peut-être indécise pour les petites choses ; mais pour les grandes, jamais.

— N'en croyez rien, reprit Marthe. Elle est indécise pour tout, qu'il s'agisse de glaces ou de choses sérieuses, pour tout, absolument pour tout.

Ce « Monsieur » revenait continuellement dans les paroles que m'adressait Marie. Marthe, au contraire, ne l'employait jamais. Notre conversation y gagnait un ton plus familier. Instinctivement, elle comprit, dès les premiers jours, comme je le compris moi-même, qu'entre nous il n'y avait guère de distances. Avec elle, je m'étais senti très vite à l'aise ; je l'avais à peine vue qu'il me semblait la connaître depuis longtemgs. Il nous arrive souvent de rencontrer des êtres avec lesquels nous devinons n'avoir rien de commun ; tous les efforts que nous tentons pour nous rapprocher d'eux sont inutiles. Il en est d'autres, en revanche, à qui nous sommes attachés comme par des liens de parenté ; avec ceux-là, le besoin de parler, de s'exprimer, se fait sentir à peine, tant on a l'impression de se lire mutuellement dans l'âme, d'être l'un le miroir de l'autre, de s'être tout dit déjà ; cela est mystérieux.

Ainsi, je ne sais quoi de fraternel s'était tout de suite établi entre Marthe et moi. Elle ressemblait à son père, mais surtout de cette ressemblance des gestes, des intonations, des façons d'écouter, des attitudes, bien plus troublantes que celle des traits ; elle avait sa bonté ; comme lui, elle était portée vers la charité et vers la pitié. Elle n'était pas jolie, mais l'imperfection de ses traits passait inaperçue, parce que son âme transparaissait. Sur ses lèvres flottait le bon sourire de son père, voilé chez elle d'un peu de mélancolie.

Finalement, j'allai chaque matin voir les Villiers. Je ne sais ce qui me plaisait tant en eux, ce qui me faisait les rechercher. Était-ce l'accueil affable du père, la sorte d'entente fraternelle qui régnait entre Marthe et moi ? Était-ce Marie ? Subissais-je simplement le

Quand Marie était installée sous la tente, Raymond, le marchand de sorbets, arrivait aussitôt (p. 8).

charme paisible émané d'eux trois ? Je ne sais pas. Nous restions assez tard sous la tente, jusqu'après midi. L'heure était singulière. Les promeneurs étaient partis. La plage restait sans personne. Ces tentes vides, plantées au hasard, les unes contre les autres, semblaient des huttes de nomades venus camper là en passant. C'était l'heure de soleil et de chaleur. Le sable étincelait. La mer était déserte. Seule, près du rivage, la barque du maître baigneur ondulait au caprice des vagues, disparaissait et apparaissait tour à tour, glissait et remontait, d'un mouvement très doux et très lent, qui, à la longue, endormait.

Un matin, à la plage, survint un petit événement auquel je ne pris pas garde tout d'abord. Ce n'est qu'après, à la réflexion, que je lui ai attribué une importance. Il est, je crois, le petit fait, le petit rien qui, pour la première fois, dirigea mon attention sur Marie.

Raymond venait de partir sans avoir réussi à lui vendre quoi que ce fût.

— Votre répertoire n'est pas assez varié, mon pauvre Raymond, lui avait-elle dit ; citron, vanille, café, c'est toujours trop la même chose. Ayez de l'inédit et je serai votre cliente.

Raymond répondit par un geste qui signifiait l'impossibilité de varier davantage ses produits.

— Puisqu'il vous faut du nouveau, dis-je, j'ai votre affaire, moi !

— Et c'est ?

— Des gâteaux à la fraise, quelque chose comme des meringues, une invention récente du pâtissier espagnol Alonso, des petits gâteaux aussi bons que jolis. Ils sont tout roses, ils ont le goût du fruit mêlé à un parfum qui reste le secret du confiseur.

Le petit éventail éventa plus fort. Les yeux de Marie brillèrent. Sur ses lèvres passa ce sourire rapide dont s'illumine le visage des enfants quand on leur parle de friandises.

— Des gâteaux à la fraise, et tout roses, ça doit être très joli et très bon, en effet. Mais voilà ! sans doute votre pâtissier n'en fabrique pas tous les jours.

— Si, si, tous les jours.

Par l'éventail qui claqua, par le sourire enfantin qui brilla clair, par de petits battements de pieds sur le sable, je compris que Marie en mourait d'envie. Je me levai pour aller chez le pâtissier, malgré Marthe et son père qui voulaient me retenir.

Les petits gâteaux étaient de forme ovale, un peu plus larges, un peu plus longs que des éclairs. L'enveloppe était formée de deux croûtes bombées, d'une couleur de corail rose ; la crème qu'elle contenait était du même rose ; faite avec le suc des fraises, elle embaumait. De petits fragments du fruit mettaient des points rouges sur le rose de la pâte. L'enveloppe était si fragile qu'il fallait la manier avec précaution pour ne pas la briser. Quand les dents y mordaient, un flot de crème entrait dans la bouche. C'était un plaisir singulier, presque une volupté, que de sentir cette chose molle et onctueuse couler sur la langue ; instinctivement, on fermait les yeux, pour mieux jouir de ce doux contact.

— Oh ! les amours de gâteaux ! s'écria, Marie, en dépliant le paquet que je lui offrais. C'est à n'y pas toucher, tant ils sont jolis !

Elle battit des mains. Elle les regarda longuement, amoureusement, comme elle eût regardé des bijoux dans un écrin.

— Marthe, Marthe, vois donc comme ils sont jolis !

A la fin, elle se décida. Elle en prit un, avec une précaution extrême, et leva sa voilette qui, menue, disparut sous la paille de son chapeau. Par l'entaille que firent ses dents, la crème jaillit, s'épandit doucement dans sa bouche. A la faveur de ces gestes, de ces mouvements, sa beauté s'alluma. Pour la première fois j'en regardai les détails, le profil très fin, la bouche toujours entr'ouverte, dont le contour dessinait comme un imperceptible sourire. Mais mon attention allait à ses cheveux. Je les revois nettement : ils sont lourds et magnifiques ; leur blondeur dorée a des reflets soyeux qui changent selon les mouvements de la tête ; leurs tresses, plusieurs fois nouées, forment des torsades qui s'arrêtent à la nuque ; sur le front, ils sont disposés à la façon des cheveux des enfants, en petites franges et en petites boucles qui, au moindre souffle, tremblent, le couvrent et le découvrent.

Marie était tout près de moi, de côté, assise sur une chaise, que maintenaient en équilibre ses deux pieds d'arrière. La tête renversée, la gorge tendue, les yeux au ciel, elle savourait les gâteaux.

— Vous avez l'air, lui dis-je, de les trouver fameux !

Elle eut pour me répondre un geste de régal, et m'offrit un gâteau. Je le pris, je mordis à la croûte. Je regardais Marie. La crème, couleur de ses gencives, remuait sur sa langue. Ses narines palpitaient. Elle avait ce petit remuement des lèvres qu'ont certains amateurs en dégustant des vins précieux.

III

Nous voici en août. Époque des grandes vacances. Les baigneurs reviennent. Saint-Jean-de-Luz s'anime. Les villas s'ouvrent. Des omnibus chargés de malles vont et viennent par les rues. La petite ville a un air pimpant et neuf. Il fait gai.

Les Villiers sont arrivés dans la soirée d'hier. Je les ai vus à la gare, mais au milieu de tant de monde, que nous avons dû nous borner à échanger des paroles rapides.

Depuis Pâques, j'ai très souvent pensé à Marie. Ce matin, elle et Marthe ont fait leur première apparition à la plage. De la main gauche, Marie tenait une ombrelle dont le cercle de soie blanche formait une auréole à ses cheveux d'or; de la droite, elle tenait un petit paquet, avec lequel, d'aussi loin qu'elle m'a vu, elle m'a fait signe en riant et l'agitant comme un enfant agite un hochet.

— Devinez ce qu'il y a là! me dit-elle. Devinez! c'est quelque chose que j'ai porté un peu pour vous.

Et plus bas, se parlant à elle-même :

— Oui, mais à force de les secouer ils pourraient bien être malades.

— Un petit paquet noué d'une ficelle rose... je devine. C'est les gâteaux, les gâteaux à la fraise, n'est-ce pas? Je vois qu'ils vous ont trotté par la tête. Ce que je n'ose ajouter, c'est qu'ils m'ont également trotté par la tête, les petits gâteaux, eux et Marie liés ensemble dans ma mémoire.

— Trotté par la tête? Vous ne pouvez pas mieux dire, répond Marthe. Ce matin, il a fallu vite, vite, aller chez le pâtissier; et comme il n'avait pas de fraises, Marie en a fait venir d'une serre de Biarritz et les a données à Alonso, qui les a converties en croûte et en crème.

Nous descendons vers la plage. Marie a fermé son ombrelle. Sous l'auréole dont la nimbait le cercle de soie blanche, ses cheveux paraissent plus blonds. La lumière violente que renvoie la surface de la mer lui fait cligner les yeux.

Un peu de vent chaud s'est tout à coup levé, secoue la torpeur de la mer. Un peu de mousse blanche persiste sur le sable et étincelle au soleil magnifique. C'est l'heure de la plage. Les tentes, presque toutes rondes, semblent des dômes de ballons. Les baigneurs se dépouillent de leurs peignoirs et, malgré la chaleur, ont des cris et des gestes frileux en entrant dans l'eau verte. Un orchestre ambulant a peine à dominer tous les bruits.

Nous nous installons sous la tente. Marie ne veut pas de chaise. Elle s'assied sur le sable, le dos appuyé à un des piquets qui maintiennent la toile. Elle tend le drap de sa jupe, comme on tend une nappe, et, avec précaution, commence à déplier le paquet. Par manière de plaisanterie, elle met un doigt sur ses lèvres, dans le geste de commander le silence; ses yeux palpitent, attentifs, tandis que Marthe me regarde et pousse un soupir moqueur.

La ficelle dénouée, les doigts de Marie s'arrêtent.

— Et maintenant, doucement, bien doucement, dit-elle, en baissant la voix.

Des deux mains, elle défait le paquet, avec précaution, comme si l'enveloppe enfermait un oiseau ou un cristal fragile.

— Ils n'ont rien, ils n'ont rien, s'écrie-t-elle, en battant des mains, ils n'ont rien... Monsieur, en voulez-vous? me dit-elle, avec un gentil sourire d'offrande. Et toi, Marthe?

Marthe refuse.

— Tu n'es pas gourmande. Tu n'en veux pas. Tu as tort. Tant pis. Je ne fais pas comme toi.

Elle prend un gâteau, puis renverse la tête, d'un mouvement très lent, qui semble provoqué par le poids de ses cheveux; sur sa langue allongée, elle reçoit la crème qui s'échappe de l'entaille en un filet lent et sinueux, tels ces filets de peinture qui sortent de leur tube à la moindre pression des doigts.

— De plus en plus gourmande!

Je lui dis cela pour masquer un trouble léger qui me gagne. Elle relève la tête et me regarde. Le gâteau est vidé. Elle entame la croûte, qui fait sous ses dents un bruit de gaufre que l'on brise. Pour ne pas me trahir, je parle, je dis n'importe quoi; mais, sans doute, elle comprend ce que j'éprouve, car elle sourit imperceptiblement, assez pour me laisser deviner sa clairvoyance ; puis elle me regarde encore.

Marthe se lève, l'air agacé :

— Je m'en vais, je reviendrai tout à l'heure.

Elle compte sur moi pour l'accompagner. Je le devine. J'hésite. Je me lève, et tout aussitôt je me rassieds, vaincu par le plaisir de contempler Marie.

Midi approche. La plage s'est vidée. C'est l'heure de la marée basse. Aux endroits d'où la mer s'est retirée, des flaques d'eau étincellent ; et sur ces flaques des algues traînent, les unes immobiles, semblables à des lourdes chevelures, les autres remuant mollement, tels des tronçons de reptiles. Un homme s'amuse avec un chien. L'homme tient un bâton. Il le balance avec le geste cadencé d'un joueur de disque et finalement le jette à la mer en poussant des cris pour exciter la bête. L'animal entre dans l'eau en aboyant et en faisant de hautes éclaboussures. Et les cris de cet homme et ces aboiements sont les seuls bruits.

Je vais partir, lorsque Marthe revient avec des amis qu'elle a rencontrés, un jeune homme, sa mère et deux jeunes femmes. Marie tapote sa jupe pour enlever les miettes, et accueille les nouveaux venus avec enthousiasme.

— Ah ! la bonne idée d'être venus !

Elle serre la main du jeune homme, l'invite à s'asseoir, va de l'un à l'autre, offre des chaises, met de la vie dans ce petit salon qui est la tente, l'emplit de sa gaieté enfantine, de ses rires et de sa grâce.

Le jeune homme s'est assis. Il a entr'ouvert la petite poche de gâteaux. Marie le regarde, lui sourit.

Je me suis mis à côté de M. Villiers. Il me parle d'une étude sur la langue basque à laquelle il travaille. Je l'écoute. Ses paroles me pénètrent d'autant plus qu'elles sont dites d'une voix grave et douce s'harmonisant avec sa figure austère, éclairée de temps à autre par un large et tranquille sourire. Mais peu à peu mon attention est distraite par Marie. Bien en face du nouveau venu, elle mange les gâteaux avec les mêmes mines de tout à l'heure, les mêmes lenteurs gracieuses, les mêmes mouvements, la même aisance parfaite, le même air de ne pas savoir qu'ainsi elle est tentante. Quand toutes ces grâces s'adressent à moi, elles me laissent presque froid. Maintenant qu'elles s'adressent à cet autre, j'éprouve une sorte d'inquiétude naissante, une sorte de dépit assez proche de la jalousie !

IV

Dernier dimanche de septembre.

Ces deux mois m'ont paru longs, interminables, probablement parce que j'ai vécu avec la même idée fixe, avec, enfermée dans la tête, cette image de Marie mangeant les gâteaux. Ma mémoire en a gardé le souvenir précis, animé. Rien n'a pu l'effacer. Et le malaise que j'ai eu quand elle les a offerts à l'autre ne m'a point quitté.

Depuis, chaque matin, j'ai vu les Villiers à la plage, avec les mêmes gens, dans le même cadre. La présence de Marie n'a eu aucun effet sur mon mal sourd ; mais aujourd'hui voilà qu'il augmente tout à coup, parce que la même scène s'est reproduite. Des jeunes gens sont venus, Marie leur a offert des bonbons, et avec les mêmes gestes, les mêmes sourires, les mêmes, absolument les mêmes, que le matin des gâteaux à la fraise. Provoquée par la même cause, mon inquiétude se réveille, plus aiguë cette fois.

Est-ce de la souffrance, ce que j'éprouve ? Je ne sais. C'est comme une anxiété qui fait mes nerfs plus sensibles. Je devrais chercher des distractions, m'étourdir dans le bruit ; mais un besoin irrésistible me pousse à m'isoler, à aller vers les champs.

C'est aujourd'hui dimanche. Ah ! les champs le dimanche ! comme ils sont tristes et comme je les aime ainsi ! Le peu de vie qui les anime dans la semaine s'en est allé. Ils ont disparu, les bergers, les laboureurs, les petits pâtres. Où sont-ils ? Dans les cidreries, à boire ; dans les étables, à dormir sur la paille ; et, plus encore, à l'église, à vêpres. Les champs des autres provinces sont abandonnés, eux aussi, le dimanche ; mais leurs laboureurs s'adonnent à des distractions vulgaires, à des bals bruyants, à des jeux tapageurs ; et on a beau ne pas les voir, on sait ce qu'ils font, et cela suffit à déranger l'impression de calme émanée de la campagne. Tandis qu'ici, de penser à l'emploi de leur journée dominicale, à leurs causeries autour du cidre, à leur sieste, à leurs chants de vêpres, cela fait le silence plus silencieux, la paix plus profonde et plus douce. Je ne suis pas déçu. L'atmosphère de ces champs est bien celle qu'il me fallait aujourd'hui.

Plus j'approche des montagnes, et plus la sérénité est grande. Il n'y a personne. Comme les routes, comme les sentiers, les prés sont déserts. Dans la cour d'une ferme, des instruments aratoires gisent pêle-mêle. Dans un coin, une charrue avec ses brancards en l'air me donne plus que tout le sentiment d'un arrêt dans le travail.

Longtemps, longtemps, je marche, sans rencontrer âme qui vive. En passant à côté d'une église, j'entends des voix qui viennent de l'intérieur, voix de paysans qui chantent les vêpres. Ces voix rudes et gauches accentuent en moi l'impression de dimanche. Elles chantent l'office selon le mode liturgique, qui est berceur et grave, et m'arrivent si atténuées par l'épaisseur des murs qu'elles semblent lointaines. Quand je me décide à revenir sur mes pas, la nuit a commencé d'investir la vallée.

Le pont de la rivière franchi, l'atmosphère change. C'est Saint-Jean-de-Luz. L'activité est presque nulle dans la petite ville; mais le calme était si grand dans cette campagne que j'ai

Marthe se tient à l'écart, assise sur un banc, les yeux vers l'océan.

l'impression d'entrer dans du bruit.

Au bout de la jetée que limitent les rochers de Sainte-Barbe, j'aperçois les Villiers. Marie est là avec des jeunes filles. Elle parle avec exubérance. Elle est d'une gaieté que rien n'arrête. Et c'est en continuant de parler et de rire qu'elle me tend la main.

Marthe, elle, se tient à l'écart, assise sur un banc, les yeux vers l'océan, l'air détaché de tout. Quand elle me voit, elle pousse un petit « Ah ! » et me dit immédiatement, pour expliquer sa songerie et son exclamation :

— Vous vous demandez ce que je fais ? Je suis très absorbée par un bateau qui est là-bas, en train de s'enfoncer dans l'horizon.

Je regarde l'horizon, il n'y pas le moindre bateau. Pour me rendre compte, je pourrais lui demander sa lorgnette ; mais il est si évident que ce bateau n'est qu'un prétexte à cacher quelque rêvasserie, que je n'ose pas.

La gaieté de Marie me fait mal. Il m'eût été agréable de la trouver comme sa sœur, silencieuse et songeuse. Je me sens aussi ridicule que si elle se moquait de moi. J'éprouve un malaise analogue à celui que j'ai eu quand elle donnait les gâteaux à l'autre : un dépit un peu douloureux.

Quand je quitte les Villiers, la nuit est complète. La mer est presque lisse. Du quartier des Villas viennent des bruits de volets que l'on ferme. Assez loin du rivage, à l'endroit où l'eau commence à être profonde, un homme pêche au flambeau. D'une main il tient une torche, de l'autre une sorte de pique pour happer le poisson. Il marche très attentivement, le buste et la tête inclinés comme quelqu'un qui cherche un objet égaré. Et le silence est tel qu'on entend très distinctement le petit clapotis que fait cet homme en foulant le seuil de la mer.

V

Ce matin, à mon réveil, je trouve Marie à l'orée de ma pensée. En m'habillant, je ne siffle pas, je ne chantonne pas comme d'habitude. Non, je pense à Marie. Son image est hermétiquement close en moi. Quelle est donc la main mystérieuse qui l'a glissée derrière mes yeux ? Mais je ne peux pas dire que j'éprouve le besoin de la voir. Si je me rends à la plage, c'est par habitude de m'y rendre chaque matin.

Je fais les cent pas devant l'établissement, je m'arrête devant une boutique ambulante, et, machinalement, je regarde les bibelots que j'ai vus cent fois à toutes les plages : réticules avec un bateau brodé, petits seaux peints pour les enfants, photographies de rochers, coquillages profonds, irisés, en forme de cône, toutes sortes d'objets ayant un rapport quelconque avec la mer. La marchande et une vieille femme causent en chuchotant, avec de petits éclats de rire vite étouffés, et en se poussant le coude. Je ne saisis pas ce qu'elles disent, mais je le présume. Pour elles, j'attends quelqu'un, j'ai un rendez-vous, et ma station à leur étalage n'est qu'un prétexte. Je n'attends personne, mais j'en ai tout l'air, en effet, avec mes cent pas et surtout ma station devant cette boutique.

Par une fatalité, je rencontre Marthe. Elle me conduit jusqu'à un endroit qu'entourent des fusains brûlés par le souffle de l'Océan. Ni elle ni moi n'éprouvons le besoin de beaucoup parler. C'est un peu le temps qui veut cela. L'atmosphère est accablante. La mer est grise et a l'air d'être en un liquide lourd. Sur l'horizon, à l'est, traîne une clarté qui vient d'on ne sait quel endroit du ciel, met sur la surface des eaux comme un sillon de mercure. A une faible distance de la plage, un bateau immobile, fiché dans l'eau, attend la brise ; de la vergue, qu'on dirait un grand arbre mort, sa voile pend, inerte et blanche. Le ciel est tellement bas, tellement fermé, qu'il semble que le soleil ne reviendra plus jamais. Temps triste, qui porte au sommeil, au silence, à la paresse ; sa torpeur pèse. Rares sont les passants. Vient une bonne, poussant une voiturette dans laquelle dort un enfant ; un prêtre marche doucement en lisant son bréviaire ; des fournisseurs, boulangers, bouchers, vont aux villas ; un chien erre, minable, le museau rasant le sol. On entend un piano : des gammes, des arpèges, tapotés avec l'hésitation de quelqu'un qui commence à jouer, s'y prend, s'y reprend, se lance sur le clavier, puis s'arrête court.

D'une voix traînante, faible, comme se parlant à soi, Marthe me dit :

— C'est le premier octobre. Nous devons être les derniers baigneurs. Nous partis, il n'y aura plus personne.

Ce mot de départ dans cette phrase, dans cette voix, en ce lieu vide, par cette matinée blafarde, augmente en moi cette mélancolie de la belle saison qui finit, du monde qui s'en va.

Se levant, elle dit encore, d'une voix peut-être un peu moins absente :

— Ici, c'est très curieux, le dernier jour de septembre les gens disparaissent comme par enchantement. La transition est brusque. Hier, du monde ; aujourd'hui, personne. Il n'y a plus que nous.

Et après un silence, d'un ton tout à coup réveillé :

— Marchons, voulez-vous ?

A petits pas, nous allons à la galerie de l'établissement qui fait face à la mer. Depuis que j'ai rencontré Marthe, pas une fois je n'ai parlé de Marie, je ne lui ai même pas demandé de ses nouvelles. Ce n'est point par oubli ; mais quand j'ai voulu dire son nom, j'ai éprouvé une sorte de timidité. J'ai l'impression agaçante que plus je tarderai à prononcer le nom de Marie, plus ma timidité sera grande.

Comme Raymond passe au loin avec ses gâteaux, je saisis le prétexte :

— Votre sœur va bien manquer à ce pauvre Raymond !

Mais il me semble que j'ai dit ces mots trop vite, d'une voix qui n'est pas naturelle, et je sens que je vais rougir.

Les yeux de Marthe sont heureusement ailleurs. Sans me regarder, elle sourit, en secouant un peu la tête et en poussant un petit soupir qui signifie : « Peut-être bien ». Puis, comme du silence tombe entre nous et que, venant après le nom de Marie, il pourrait faire deviner à Marthe ce que j'éprouve, je cherche des mots, n'importe lesquels, pour le dissiper ; je dis :

— Écoutez le piano de la villa. On joue en ce moment une valse : *Sobre las Olas*. Elle me plaît beaucoup. Je trouve qu'elle s'adapte à merveille aux mouvements de la valse, mais d'une valse qui serait très lente et dansée loin du fracas joyeux des bals, par un couple silencieux, un peu triste. Elle me suggère cela. D'ailleurs les œuvres musicales qui me plaisent sont celles qui me suggèrent quelque chose, éveillent certaines sensations cachées au plus profond de moi, les touchent pour ainsi dire, ou me rappellent des choses qui commençaient tout doucement à s'effacer de ma mémoire, à se tenir sous la buée du temps.

Sans nous en apercevoir, nous sommes revenus sur nos pas. De la brise passe, si faible qu'elle parvient à peine à remuer les feuilles des arbres. Seuls, les maigres fusains qui entourent le banc tremblent un peu; et comme pas une des végétations d'alentour ne bronche, ce frissonnement de fusains dans cette immobilité de tout paraît très mystérieux, il semble produit par des mains légères et invisibles. Je n'attends pas Marie; je ne reste pas avec Marthe pour l'attendre; et cependant je me prends à me retourner trois et quatre fois pour voir si elle n'arrive pas. C'est d'instinct, malgré moi. Il me semble qu'elle approche, approche, que j'entends le frou-frou de sa jupe. Je me retourne et ce m'est une détente, un soulagement de voir qu'il n'y a personne. Trois et quatre fois je me retourne; et chaque fois Marthe suit mon mouvement. Elle en paraît agacée. Je vois la minute où elle va me demander ce que j'ai à regarder ainsi. Et comme je ne saurais que répondre, je m'efforce de résister à l'étrange tentation.

Arrivés à la galerie de l'établissement, elle me dit :

— Vos idées sur la musique sont un peu les miennes. *Sobre las Olas* me plaît, à moi aussi; puis, elle va bien avec cette matinée. Regardez, tout le monde est parti. La plage est triste.

En effet, elle est triste et nue. L'automne est bien commencé. Cette atmosphère automnale est faite d'on ne sait quoi, de la plage délaissée, du ciel gris, de la mer immobile et grise, grise uniformément, du rivage à la limite de l'horizon, grise et sans rien que cette voile morte et blanche, plus blanche d'être seule au milieu de la solitude des eaux. Plus midi approche, plus il fait morne. Sur la plage pâle, tachetée de galets, une femme voûtée va d'une corbeille où elle prend du linge à une corde où elle l'étend pour le faire sécher. Elle va et vient, trottinant de son petit pas de vieille, et dispose méthodiquement des camisoles, des chemises, qui donnent l'illusion, ainsi accrochées, avec leurs manches tombantes, de pendus décapités. Le va-et-vient de cette vieille est la seule manifestation d'un peu de vie. Sous la galerie où nous sommes, il fait peut-être plus triste encore que sur la plage, parce qu'elle est d'habitude très animée et qu'aujourd'hui il n'y a personne. Les chaises qui, pendant l'été, les mois de foules, sont disposées en cercle, en file, pour causer, pour regarder, sont maintenant empilées les unes sur les autres; et cela, ce tas de chaises couchées, donne plus que tout l'impression que le bel été est fini. Derrière son comptoir, la femme de la buvette tricote, attendant on ne sait quels clients. Elle est la dernière retardataire.

— J'aime beaucoup la plage telle qu'elle est aujourd'hui, me dit Marthe. Et vous?

— Moi aussi. Août et septembre sont les mois qu'il faut à ceux qui vont aux plages comme on va à un lieu de réunion; pour les autres, pour ceux qui, comme vous et moi, sont des amoureux de la mer, il faut s'y rendre aux saisons de silence, au printemps, et surtout à l'automne et à l'hiver.

— Oui, c'est bien cela. Je partage votre façon de comprendre et d'aimer la mer.

Marthe s'arrête et reprend, accélérant ses paroles, rappelée tout à coup à la réalité :

— Il faut partir. Il doit être tard.

A l'horloge de l'église, midi sonne. Les douze sons tombent un à un, détachés si lentement, qu'on dirait qu'à chaque coup le mécanisme va s'arrêter, que le battant ne va plus frapper, va rester en l'air sans retomber. L'écho tremble en décroissant, meurt dans l'atmosphère feutrée. La lumière est si blafarde que, sans ces horloges, on ne saurait trop si c'est le matin ou le soir.

Marthe va s'en aller. Il faut que je lui dise de me rappeler au souvenir de son père et de Marie. Cela n'aurait rien d'insolite. Malheureusement, la même timidité qui tout à l'heure m'empêchait de m'informer de sa santé m'arrête encore. Timidité absurde, que je n'arrive pas à vaincre. Et je laisse partir Marthe sans lui avoir dit quoi que ce soit ! Mais dès que je suis seul, j'ai une envie folle de lui courir après, afin de la questionner. Il faut que je me raisonne pour ne pas la rappeler. C'est que maintenant je suis inquiet de n'avoir pas vu Marie, et l'idée que je pourrais ne pas la voir de toute la journée m'affole.

Je rentre, je déjeune. Vers trois heures, je sors, avec la préoccupation de voir Marie. A la pensée qu'elle va peut-être surgir là, tout à coup, à un tournant de chemin, que je vais me trouver face à face avec elle, j'ai de l'émotion, un battement de cœur. Cela est puéril. Je me dis que pour n'y plus penser il suffit de vouloir ; et je m'efforce de chasser l'image fixée derrière mon front. Mais si j'arrive à l'effacer un peu, la main mystérieuse, comme guidée par un esprit taquin, la reglisse tout doucement. Alors je ne résiste plus ; je ferme les yeux, je regarde les cheveux blonds dont les lourdes nattes, à peine attachées, remuent, prêtes à se répandre, le sourire, son sourire de Sainte Vierge, ce sourire de Marie qui vient on ne saurait trop dire d'où, de ses lèvres ou de son front. J'ouvre les yeux et, sortant de cette vision, le chemin où je suis me paraît banal.

Je vais tout droit. Je suis la route qui serpente à travers les ombrages déjà touchés par l'automne. Des sons d'horloges lointaines arrivent, portés par le vent. J'écoute. Quatre coups. Quatre heures ! Déjà ! Si j'allais ne pas voir Marie ! Alors, je rebrousse chemin ; et vite, vite, par un raccourci, je gagne Saint-Jean-de-Luz, où j'ai plus de chance de la rencontrer qu'ici. Je me hâte. Je cours, comme si j'étais poursuivi. Enfin ! j'arrive. Voici les premières maisons, la Grande-Rue. Pour dissimuler ma préoccupation, je me mets à marcher tranquillement, comme quelqu'un qui simplement se promène, sans souci, sans but. Les mains derrière le dos, je m'arrête à des devantures de magasins, à la vitrine d'un libraire, à l'étalage d'un marchand de bijoux d'Espagne. Je regarde les livres, les bijoux ; mais, du coin de l'œil, j'observe la rue, à droite, à gauche, et la vitrine de la devanture qui reflète un peu les passants. J'attends, j'attends. Elle ne vient pas. Où peut-elle bien se trouver ? Peut-être au Casino ! J'y vais. Sans en avoir l'air, j'inspecte les salles : elles sont vides ; le jardin, les terrasses : personne, toujours personne. Il faut pourtant que je la voie. Une idée me vient, ma dernière ressource. Le maître d'armes, qui est en même temps chargé de l'entretien des salles, et qui connaît tous les habitués, tous les abonnés du Casino, me renseignera. Mais voilà... si je lui demande, il devinera, il comprendra qu'il se passe quelque chose. Je n'oserai jamais. Je réfléchis, je me dis que je déraisonne, qu'il n'y a rien de suspect à lui demander si par hasard il a vu les Villiers. C'est la chose la plus naturelle du monde. C'est moi qui, avec mes nerfs, me forge des idées stupides. Cela est d'un enfant. Je vais à la salle d'armes, qui est dans le sous-sol,

je trouve le maître occupé à moucheter des fleurets.

Il s'exclame :

— Vous ! j'aurais donné ma parole que vous étiez parti !

— Non, je reste encore quelques jours.

— C'est bien d'être venu. Nous allons faire un assaut, le dernier. Une minute, je suis à vous.

— Non, pas d'assaut. J'étais venu pour vous demander de me procurer une paire de fleurets, des lames très souples et des gardes à l'italienne.

Je cherche des phrases pour intercaler ma demande, pour la glisser sans qu'elle paraisse. J'hésite ; puis je prends mon élan, et je dis :

— Mais il me les faudrait vite. Dès que je les aurai, je partirai ; car vous pensez bien que je ne vais pas rester longtemps ici. Ce n'est pas gai, je suis seul. Il n'y a plus que moi, moi et, je crois, les Villiers. Il me semble les avoir aperçus ce matin.

C'est tout ce que j'ai trouvé ! J'attends qu'il me dise : « En effet. Je les ai vus. Je viens de les voir. Ils doivent être à tel endroit ». Mais non ; il répond seulement :

— Oui, je comprends. Ça n'est pas gai pour vous, Saint-Jean-de-Luz, maintenant qu'il n'y a personne.

Je dis encore quelques mots d'un ton indifférent, et je pars. Arrivé à la grille du Casino, j'ai envie de revenir au bonhomme, de lui poser la question, sans détour. Mais je réfléchis que ce serait fou. Que faire ? Je reprends mon pas de promeneur, de quelqu'un qui flâne. Je descends la rue qui mène à la place Louis XIV. J'en prends une autre. Je vais, je viens, passant et repassant devant les mêmes maisons. Voici l'allumeur municipal. D'une lance, il touche les becs. Le gaz flambe, mettant des clartés tristes sur les pavés. La nuit ! la nuit ! Alors, une panique me prend à l'idée qu'il me faudra rentrer chez moi sans avoir vu Marie. Tant pis, je suis décidé à m'adresser à n'importe qui ; je demanderai au premier passant venu, tel un mendiant qui implore l'aumône. J'arrive devant la pâtisserie Alonso. Des gens rentrent chez eux. J'hésite encore. Mais, parmi ces ombres qui passent, il en est une qui s'impose à moi tout à coup, qui absorbe tout, jusqu'à la nuit, qu'elle dissipe comme d'un rayon. Elle va devant moi : Marie ! Je la reconnais à sa façon de marcher, qui la distingue des autres femmes. Je ne sais si ce que j'éprouve est de la souffrance ou de la joie. Ce n'est ni de l'une ni de l'autre. C'est du saisissement. Je m'arrête un instant pour me laisser devancer, et je la suis. Elle tourne à droite. Je tourne à droite. Elle passe devant une pharmacie, traverse la lueur rouge, qui la farde ; je la traverse très vite, dans la crainte que Marie, tournant la tête, ne m'aperçoive, ne me reconnaisse, ce qui serait facile, tant est violente cette lueur. Elle va à gauche, entre à l'église. J'entre. Elle s'agenouille sur un prie-Dieu, devant une petite chapelle. Je m'assieds près du bénitier, sous la tribune de l'orgue.

Ah ! les vieilles églises, à l'heure où la nuit vient, quand les offices sont terminés et qu'il n'y a plus que de rares fidèles abîmés dans la paix recueillie descendue avec le soir ! La bénédiction vient d'être donnée sans doute, car à l'extrémité des cierges du maître-autel rougeoient de ces petits points qui persistent après l'extinction des flammes ; et une fumée d'encens traîne, onduleuse et grisâtre.

Les ténèbres envahissent l'église. Elles se glissent ; et on ne sait trop si elles viennent des vitraux ou des pierres. Peu à peu, on cesse de distinguer les rangées de chaises, et la masse d'ombre formée par la chaire se dissout lentement. Un autel dont le marbre fait une blancheur disparaît comme s'enfonçant dans le mur. Les choses se brouillent de plus en plus. A mesure que la nuit s'épaissit, des faisceaux de cierges brillant devant une chapelle dédiée à la *Mater Dolorosa* accentuent les objets. Des cercles luisants, qui sont des lustres de cuivre, planent à une assez grande hauteur, et, maintenus par d'invisibles cordes, donnent l'illusion d'être là, en l'air, par enchantement ; mais à leur tour les cercles s'imprécisent, deviennent

Elle s'agenouille sur un prie-Dieu, devant une petite chapelle.

flous ; leurs reflets se ternissent, s'éteignent tout à fait. Seule, à une sorte de lucarne ovale pratiquée à la voûte du chœur, s'attarde une clarté qui dessine un halo, et des ors scintillent derrière l'autel, posé sur plusieurs marches. Ces ors sont des statues et des colonnes torses, dont l'ensemble forme un haut retable ; et comme l'autel est noyé dans la nuit, et que du retable s'indiquent seules des colonnes d'or, très hautes et très sculptées, tels des piliers de baldaquin, ces degrés semblent conduire à quelque somptueux lit de parade.

Ah ! qu'on est vite détaché de tout, le soir, dans cette église de Saint-Jean-de-Luz dont l'atmosphère auguste est faite de six cents ans de prières et du sommeil des morts couchés çà et là sous les dalles massives ! Un parfum sourd flotte, s'éloigne et se rapproche, un parfum complexe et tiède qui est l'haleine des voûtes et des murailles imprégnées par les fumées séculaires des cierges et de l'encens ; et la nuit dans laquelle passe et repasse cette senteur doucement pénétrante est si close, qu'il semble qu'aucune aube ne la dissipera plus jamais. De temps en temps, des bruits courts interrompent le silence : une chaise remuée, l'éclat d'une toux, et, près des ors du retable, un heurt de métal, — sans doute un candélabre dérangé par quelque sacristain, — sont prolongés par des échos dont la sonorité donne bien l'impression que l'église est vaste et vide. Ces échos éteints, le silence retombe plus immobile et plus sépulcral.

De l'ombre où est ma place, je vois Marie dans la lueur des cierges qui brasillent auprès de la *Mater Dolorosa*. Agenouillée sur un prie-Dieu, l'attitude grave, elle personnifie le recueillement. Une voilette lui fait un masque léger, et l'or de ses cheveux semble le reflet d'un rayon. Toute la vie de l'église s'est retirée en ce coin dédié à la Vierge des larmes. Des cierges qui brûlent à ses pieds font un îlot de lumière, autour duquel règne le vaste silence et s'épaissit l'obscurité, trouée seulement, au loin, par l'immobile point rouge d'une lampe perpétuelle. Près des cierges et à la limite de l'îlot, là où commence l'ombre, quatre femmes sont agenouillées, quatre voiles hermétiques, de l'un desquels s'échappe un marmottement.

L'atmosphère de cette église agit sur moi à la façon d'une caresse. Quelque chose de vague que j'éprouve depuis un certain temps est en train de se fondre, de mûrir, d'éclore, sous la tiédeur de cette nuit qui baigne ce silence, ces prières, ces parfums épars ; et quand mes yeux fixent Marie, mince forme agenouillée, il me semble qu'on me touche le cœur. Tout à coup, la mince forme se met à bouger avec un bruit de soie. Marie s'est assise. Sa chaise frappe la pierre, et je n'entends plus rien, si ce n'est l'espèce de craquement cadencé que font mes vêtements sous le souffle de ma respiration. Du temps coule, inappréciable. Un cierge s'éteint, en répandant de la fumée et une lueur très vive qui fait danser des ombres. Rien, semble-t-il, ne dérangera plus ces femmes en prière, cette immobilité de tout, lorsque, soudain, un bruit se détache du silence, le pas de quelqu'un qui marche à tâtons, là-bas, tout au fond où il fait noir. Mais ce pas est singulier, inégal, et rend un son sec ; il s'arrête, puis reprend moins hésitant, puis approche, approche, et débouche tout à coup dans l'îlot de lumière. Alors, je vois un boiteux appuyé sur sa béquille. Il traverse l'îlot, passe à côté de moi, s'éloigne avec son heurt saccadé sur les dalles, et disparaît par la porte du fond, dont le battant de cuir retombe avec un bruit sourd.

Le marmottement s'est tu. Et le silence, sans ce bruit pourtant très faible, devient beaucoup plus accablant. Les flammes des cierges brûlent si droites, si fixes, qu'on les dirait imitées, en métal. Les femmes en noir sont toujours agenouillées, figées dans leur raideur de statues. Mais la forme mince qui est Marie se met à bouger. Marie se lève et va sortir. Elle arrange sa voilette, s'incline, et quitte l'îlot de lumière dans un froissement de jupes.

Le moment est venu. Il faut que je lui parle. Pour lui dire quoi ? Je ne sais pas. Tout doucement, je gagne la porte ; une fois dans la rue, je m'éloigne un peu de l'église, puis je reviens, de façon à rencontrer Marie lorsqu'elle sortira. Ainsi, elle ne saura pas que je l'ai attendue. J'aurai l'air de la rencontrer par hasard, de ne pas venir de l'église. J'ai calculé juste. Elle sort au moment où je passe. En me voyant, elle a un geste d'étonnement :

— A cette heure ! Que pouvez-vous bien faire ?

J'éprouve le besoin de ne lui rien dire de mon après-midi employé à la chercher fiévreusement, à l'attendre, à la guetter :

— Ce que je fais ! Mais rien d'extraordinaire. Comme j'ai passé la journée chez moi à lire, à écrire quelques lettres, je me promène, pour prendre l'air.

Ma voix sonne faux. J'ai dit ces mots trop vite, et je me sens pâlir. Heureusement, Marie n'a pas pu voir, car il fait sombre. Une lanterne qui brûle derrière moi éclaire à peine, mais l'éclaire assez, elle, pour que je distingue, sous l'ombre que lui fait sa voilette, les clartés de ses yeux et la ligne rouge et si jolie de ses lèvres. Elle a un boa sombre qui pend, telle une étole de prêtre. La tête inclinée un peu à gauche, comme appuyée câlinement sur une épaule, elle se tapote la joue avec la fourrure qui forme une pointe soyeuse et dégage une odeur animale.

Il me semble que si je touchais Marie, un peu, un peu seulement, tous mes nerfs trembleraient. Elle est là. Les choses environnantes, et l'église, et les maisons, mes yeux ne les voient plus. Ils ne voient plus que Marie. Il me semble qu'en dedans de moi, on me chavire quelque chose. J'ai envie de tomber à genoux, de joindre les mains, de pleurer. Je l'aime.

VI

Ce matin, je m'isole pour mieux penser à Marie. Elle ne se présente à mes yeux que dans l'attitude qu'elle avait en sortant de l'église. La tête penchée un peu à gauche, comme appuyée sur une épaule, elle se caresse la joue avec la pointe soyeuse de son boa. La Marie qui est gravée en moi est celle de cette minute et de ce geste. Qui sait c'est peut-être ce petit geste qui me l'a fait aimer. Il ne faut peut-être qu'un petit geste, qu'un simple mot chuchoté, qu'un battement de cils, moins encore, pour opérer le déclanchement mystérieux.

Miracle de l'amour! J'aime tant Marie qu'il me semble que c'est la première fois que j'aime. Il me semble que tout est neuf, et autour de moi et en moi, mon cœur, mes nerfs, et la vieille église, et la vieille rue, tout!

Je suis sorti pour la voir. Le ciel est bas, la matinée est morne. Que m'importe! j'ai en moi le soleil. Je me sens léger. Il me semble que mon allégresse transparaît, se communique aux choses environnantes, les baigne comme d'une chaleur, les éclaire comme d'un rayonnement. Je descends le sentier qui mène à la mer. J'ai ce battement de cœur, ce tremblement des yeux que l'on a quand on est aux aguets. Je me dis que je vais peut-être rencontrer Marie tout à coup, au moment où je m'y attendrai le moins. A chaque tournant du chemin, mon cœur bat plus fort. Le chemin dépassé, j'éprouve un bien-être de détente. Elle n'y est pas! Et j'ai aussi du dépit.

Les hauts tamaris qui bordent le sentier s'éclaircissent. Deux lignes paraissent : l'une grise, l'autre blanche; la mer et la plage. L'établissement est fermé. Les villas sont closes. La mer est sans vagues, sans baigneurs et sans bateaux. J'aperçois, sur un banc fiché dans le sable d'un petit tertre, une forme, et je la reconnais tout de suite : Marthe! Elle est assise. Le menton dans une main, une ombrelle dans l'autre, l'air absent, loin de tout, enfermée dans une songerie, elle trace machinalement des lignes sur le sable. Je m'en veux un peu de la déranger. J'ai envie de revenir sur mes pas. Trop tard. Elle m'a entendu. Elle se retourne. Elle pousse un petit : « Ah! » et quelque chose comme de l'émotion enlève toute aisance au geste qu'elle a de me tendre la main.

Je m'assieds à côté d'elle.

— Je n'ai pas de chance, lui dis-je; chaque fois que je vous vois, vous paraissez absorbée dans de profondes méditations. Vous devez me maudire. Je dois vous faire l'effet d'un intrus.

Elle a l'air embarrassé.

— D'un intrus! Pourquoi, d'un intrus? Vous vous trompez. Non, je ne méditais pas, je ne pensais à rien ; mais seule, sur un banc, devant la mer, par un matin désert, on ne peut qu'avoir l'air de rêvasser. J'ai l'air, mais rien que l'air.

Je lui dis, moitié sérieux, moitié rieur :

— Non, je ne me trompe pas. Vous me cachez quelque chose. Vous rêviez. D'ailleurs, vous rêvez toujours. Et j'ajoute la phrase classique : A quoi rêvent les jeunes filles? Allons, qu'aviez-vous? confessez-vous.

Elle ne répond pas. Elle me questionne :

— Et vous, vous avez l'air bien gai ce matin, bien réjoui, bien heureux, heureux comme si quelque bonheur vous était venu tout à coup. Ne dites pas non.

Je n'ai pas envie de dire non. D'ailleurs, je le voudrais que je ne le pourrais pas. Le sentiment que j'éprouve est trop fort pour que je le puisse taire. Il faut que j'avoue; et Marthe, par son silence, par sa mélancolie, par son esprit méditatif, est la créature souhaitée pour recevoir ma confidence. Je lui réponds :

— C'est vrai, je suis heureux, très heureux même.

— Ainsi, je ne me suis pas trompée. Il ne me reste qu'à deviner ce qui vous rend heureux.

— Cherchez. Peut-être trouverez-vous.

— Voyons, cherchons.

Marthe énumère les différentes formes que revêt cet état fragile que nous appelons le bonheur; mais, sciemment ou sans le vouloir, elle omet le bonheur d'amour.

— Non, non, vous n'y êtes pas; ce n'est rien de tout cela.

— Je n'y suis pas? Alors, je ne vois pas ce que c'est.

Et elle se tait.

J'ai peur qu'elle ne me questionne plus. Il faut à tout prix que je me délivre. Baissant malgré moi la tête, comme si j'allais trahir quelque secret inavouable, je lui dis :

— J'aime!

Quelque chose d'imperceptible passe sur le front de Marthe, fait battre ses cils, mais elle se ressaisit vite.

— Aimer, dit-elle, sur un ton qu'elle veut rendre indifférent, cela doit être délicieux! Comment n'ai-je pas trouvé? C'était simple à deviner pourtant! Et peut-on vous demander de qui vous êtes amoureux?

— Ah! de qui! cherchez! cherchez!

Son visage s'anime. Elle énumère des jeunes filles, des jeunes femmes :

— Thérèse de Burne. Madeleine Latouche. Jeanne de Labarthe.

— Non, non. Vous n'y êtes pas.

— Alors, je ne vois pas qui c'est. Je ne vois pas du tout. Il est vrai que je ne connais pas toutes les femmes que vous connaissez?

— Vous la connaissez, et beaucoup.

— Je la connais, et beaucoup... mais qui est-ce donc? qui est-ce?

Elle s'arrête, réfléchit ; et, très calme, souriante :

— Procédons comme au jeu de portraits. De cette façon, je finirai bien par savoir.

— C'est cela.

— Elle est brune?

— Non.

— Blonde?

— Très blonde.

— Mariée?

— Non.

— C'est une de vos amies d'enfance ?

— Non.

— Elle vient à Saint-Jean-de-Luz ?

— Oui.

— Elle est blonde, pas mariée, vient à Saint-Jean-de-Luz... qui ça peut-il bien être?

Et elle poursuit :

— Est-elle à Saint-Jean-de-Luz en ce moment?

— Oui.

— Habite-t-elle Saint-Jean-de-Luz ou n'y vient-elle qu'à la saison des bains ?

— Elle n'y vient qu'à la saison des bains.

— A-t-elle des frères?

— Non.

— Des sœurs ?

J'hésite, et je dis très lentement, en détachant les syllabes une à une :

— Elle n'a pas de sœurs ; mais elle a une sœur.

— Ah !

Marthe se tait. Des minutes passent. Elle se redresse ; puis, d'une voix où perce, dirait-on, un effort :

— Vous la verrez tout à l'heure. Elle doit venir.

Et c'est tout. Un silence lourd tombe entre nous. Que se passe-t-il dans cette âme? Marthe souffre. Tout le prouve, tout. Mais alors, pourquoi, chez elle, cette curiosité quand je lui ai dit que j'aimais? Pourquoi, quand elle a compris, ce « Ah ! » Pourquoi? Quel rapport y a-t-il entre mon amour et elle? Peut-être Marie lui a-t-elle dit que je lui déplaisais ; et comme Marthe me témoigne, je crois, de l'intérêt et de l'affection, elle me plaint, souffre de savoir que j'aime sa sœur qui ne m'aime pas. Ce doit être cela. Mon cœur bat trop fort. Il faut que je sache. Je me tourne vers elle et, doucement, doucement :

— Marthe...

— Laissez-moi.

Sa voix est agacée, nerveuse. Je m'étais donc trompé? Si ce qui la tourmente était ce que j'avais cru, sa réponse eût été toute autre. Je ne sais plus que penser. Qui sait ? Elle souffre peut-être de la souffrance suprême. Elle meurt de la torture d'aimer sans être aimée. Sans le vouloir, j'aurai, en lui parlant d'amour, mis à vif la plaie que doit être son âme. Je n'ose pas insister, l'interroger. Du silence nous sépare, gênant, insupportable. Puis, j'ai l'impression que Marie va arriver par la route, derrière nous, et me toucher l'épaule du bout de son ombrelle. J'en ai le dos comme agacé. Je ne peux m'empêcher de tourner constamment la tête. Les minutes coulent. Dans l'immobilité de tout, un vent très léger passe, frôle les herbes de la plage qui, en se couchant et en se redressant, allument et éteignent leurs teintes, comme des peluches que l'on caresse.

Soudain Marthe a redressé la tête. Elle a un doigt sur les lèvres, dans le geste qui commande d'écouter.

— Entendez-vous ? Qu'est-ce ?

— Je ne sais.

De la route arrive une rumeur de voix monotones, de pas cadencés. La rumeur approche. Un enterrement. Le cortège, caché jusque-là par l'établissement, apparaît sur la route : un prêtre en surplis, le cercueil qui tangue sur les épaules des quatre porteurs, comme un bateau, quelques femmes dont les longs voiles ne laissent voir que des bouts de doigts tenant le missel, quelques hommes aux épaules arrondies par de longues capes de forme ecclésiastique et espagnole ; tout cela, humble, recueilli, plus émouvant que le plus solennel des apparats funèbres. Les hommes psalmodient, d'une voix gutturale, selon un rythme que balance le mouvement de la marche : *Ecce enim in iniquitatibus conceptus sum, et in peccatis concepit me mater mea.* Dans ce jour morne, chuchoté par ces hommes dont les faces glabres sont penchées vers le sol, en des airs de méditer les paroles latines, le verset d'épouvante a je ne sais quoi de menaçant qu'il n'aurait pas avec l'orgue, dans la sonorité de l'église. Avec un unisson parfait, comme si un chef dirigeait le rythme, ils récitent le psaume, et à chaque verset font une pause très longue, pendant laquelle on n'entend plus que le bruit de leurs pas.

— Voyez comme ils vont vite ! me dit Marthe.

En effet, ils vont vite, vite, comme s'ils étaient pressés de porter à la terre le mort dont le cercueil de bois rude semble une civière. Le petit cortège, auquel cette hâte donne un air clandestin, passe près de nous. Il passe, s'en va dans les deux bruits qu'on entend tour à tour, le bruit des voix disant le psaume, le bruit des pas précipités et inégaux.

Marthe regarde sa montre :

— Onze heures ! Elle ne peut tarder à venir !

Elle ne nomme pas Marie. Depuis qu'elle *sait*, il semble qu'elle n'ose pas. Mon cœur bat à grands coups. Je m'efforce de maîtriser mes nerfs pour que rien ne paraisse quand elle sera là et, surtout, pour n'avoir pas l'air de l'attendre. Mais je n'en ai pas le temps. Elle est venue à notre banc dans le silence de ses pas frôlant le sable, tout doucement, pour nous surprendre. Elle est là. La surprise qu'elle nous a causée la fait rire aux éclats. Son âme juvénile se répand en des gestes, en des mines gracieuses qui me font tressaillir.

— Mais tu as l'air lugubre, dit-elle à Marthe. Qu'est-ce qui te rend ainsi ? Est-ce notre départ, ma petite sœur, dis ? Est-ce parce que nous quittons demain Saint-Jean-de-Luz ?

Ce départ auquel je ne songeais plus ! Et demain, c'est-à-dire dans quelques heures ! Je n'aurai jamais le temps de lui dire que je l'aime, et elle n'aura pas le temps de le deviner.

Elle poursuit :

— Je suis contente, moi. Saint-Jean-de-Luz est si triste, maintenant ! Et puis, chez nous, dans notre bonne ville, il paraît que ça sera très gai cet hiver. Il y aura des bals, des fêtes, des spectacles, beaucoup de belles choses.

— Ainsi, il vous tarde donc bien ?

— Oui, cher monsieur.

Et, par manière de plaisanterie, elle me tire une révérence à la mode d'autrefois, les genoux fléchis, la jupe tenue du bout des doigts, l'air rieur et badin. Sa joie me fait mal. Pour la première fois, j'ai le pressentiment qu'elle me fera souffrir.

— Et moi, dit Marthe, c'est tout le contraire ; je voudrais rester à Saint-Jean-de-Luz, surtout à présent que voilà l'automne, la saison morte.

— Ça me fait penser... reprend Marie.

Mais, soudain, elle part d'un éclat de rire qui l'empêche d'achever.

— Qu'avez-vous ?

— Rien, rien.

Elle ne peut parler. Elle rit comme les enfants, pour rien.

— Mais qu'a-t-elle ? fait Marthe.

— J'ai... Rien, rien, un souvenir, au bal l'année dernière, tu sais...

Le rire étrangle ses mots, la secoue, la grise, l'agite comme l'agiterait un vin. Elle rit, elle rit, et elle est adorable en riant. Le rire puissant, le rire volage qui convient à son âme volage, fait resplendir sa beauté, l'extériorise, la secoue, la rend plus pénétrante. Elle essaie encore de parler :

— C'était...

Elle ne peut en dire plus long. Le rire la prend de plus belle, la plie en deux, lui ouvre la bouche, qui apparaît rose, d'un rose d'intérieur de coquillage : ses dents ont je ne sais quoi de si vivant qu'il semble que le rire parte de leurs pointes blanches, et sa gorge qui tremble fait palpiter son corsage dans un mouvement de l'ouvrir, fait passer en moi un frisson. D'ailleurs son costume d'aujourd'hui la rend plus que jamais désirable. C'est un costume marin comme en portent les adolescents. Le corsage est une blouse, à grand col de matelot qui bâille en pointe, à manches courtes qui laissent paraître la gracilité de ses poignets de petite fille. L'étoffe l'enserre étroitement, respire, vit comme si elle était la chair même. Sur ses cheveux de blonde, roulés à la nuque en épaisses tresses basses, disposés sur le front en boucles comme chez les pages d'autrefois, est posé de travers, à la pâtre, un petit béret bleu.

— Enfin ! enfin ! c'est fini ! je suis exténuée.

Elle peut parler. Les rires s'espacent, s'éteignent.

— Mais qu'avais-tu ? Tu es folle ? demande Marthe.

— Rien. C'était très sot. Un souvenir de bal. Ça ne te ferait pas rire, ni vous, monsieur.

Elle en rit encore, une dernière fois.

— Mes cheveux, mes pauvres cheveux... voyez dans quel état ils sont !

Ils sont tout dépeignés, tout défaits, tout pendants, comme des cheveux de sauvagesse. Ils sortent du béret en petits fils, en touffes éparses, glissent sur ses yeux, les cachent presque. Elle est adorable. Elle a l'air de descendre du lit.

— Voyez, voyez !

Elle se secoue avec des mouvements de baigneuse sortant de l'eau, et les petits fils dorés remuent, voltigent autour de sa tête.

— Vous devriez rester toujours ainsi !

Mais je ne lui dis pas la convoitise qui m'assaille, l'envie de faire crouler les lourdes nattes, de les dérouler, de répandre les longues tresses et de me plonger le visage dedans, pour me griser de leur chaleur, de leur odeur, de leur contact.

— Aide-moi à m'arranger, Marthe. Non, tiens, tu ne saurais pas.

Et Marie met de l'ordre dans ses longs cheveux, les ramène, les partage, les fixe.

— Ta glace, Marthe, veux-tu ?

— Voici.

Elle se regarde, à droite, à gauche, et se donne, sur les cheveux, aux tempes, des petites tapes du bout des doigts.

— Enfin ! ça y est ! Je n'aurai pas trop l'air d'une folle.

D'une pichenette, elle redresse son béret ; puis elle respire bruyamment, les yeux fermés ; les narines dilatées.

— Si nous marchions, proposé-je ?

— C'est cela, marchons.

— Mais il doit être bien tard ? objecte Marthe. Quelle heure est-il ?

— Onze heures et demie.

— Nous avons encore une demi-heure. Allons ! Mais de quel côté, à quel endroit ?

— Dans mon jardin, voulez-vous ? J'ai des roses superbes, fleuries ce matin. Vous me permettrez de vous les offrir.

— C'est cela ! c'est cela ! s'exclame Marie, battant des mains, témoignant cette joie excessive et gracieuse qu'elle manifeste à propos de tout.

— C'est cela ! répète Marthe, sans geste, d'une voix sans timbre.

Nous prenons le sentier sous les falaises de Sainte-Barbe. Je marche entre Marthe et Marie. Que ne puis-je lire en elles, les déchiffrer, savoir ! Marthe a un secret douloureux, quel est-il ? Depuis quand le porte-t-elle ? Quand je l'ai connue, les premiers jours, elle ne semblait pas souffrir ; depuis, un événement a dû modifier sa vie. Lequel ? Je cherche, mais pas longtemps. Je me désintéresse vite de Marthe. Marie m'absorbe trop pour que je puisse m'occuper de tout ce qui n'est pas elle.

Marthe est à ma gauche. Marie marche à droite, le long de la haie. Elle cueille des fleurs, se baisse, se relève, allonge le bras pour atteindre le haut de la haie, tantôt nous précède, tantôt reste en arrière. Elle cueille au hasard, sans choisir.

— Sentez, sentez.

Elle m'approche du visage la gerbe, dont les tiges pendent comme de longues herbes. Chacune de ces fleurettes n'a guère d'odeur ; mais, réunies, elles font une senteur indéfinissable, qui change comme si mille haleines embaumées soufflaient tour à tour. C'est moins une odeur qu'une fraîcheur, évoquant les champs, les jardins, la campagne. A un endroit, la haie forme une sorte de retrait tout tapissé de fleurs. Il y en a tant et tant, que le vert de la frêle muraille disparaît sous leurs couleurs, diversifiées comme des mosaïques ; et le retrait est étroit, clos, recueilli, propice à la flânerie d'un couple.

— Y en a-t-il des fleurs ! s'écrie Marie, y en a-t-il ! Il faut que je les cueille toutes, toutes !

— Ce sera long.

— Tant pis.

— Voulez-vous que je vous aide ?

— Pas besoin, pas besoin.

— Allons !

Et je continue avec Marthe. Ne lui ayant rien dit depuis le banc, je n'ose guère parler, parce que j'ai la sensation qu'au premier mot je toucherai désagréablement ses nerfs. Mais ce silence qui est entre nous est peut-être pire. Je me hasarde à dire n'importe quoi :

— Ainsi, vous partez bientôt ?

— Demain après-midi.

— Je vous plains.

— Il n'y a pas à me plaindre. Notre ville est très gaie l'hiver, très gaie, je vous assure.

Elle dit ces choses comme pour braver son chagrin de quitter ce pays où se trouve, dirait-on, le motif de sa souffrance, ce motif que je voudrais savoir.

— Oui, je sais. Il y a chez vous les bals, les soirées, les fêtes. Mais je vous croyais ennemie des distractions mondaines. Je vous croyais une adoratrice fervente du pays basque, surtout quand il n'y a personne. Ne me l'avez-vous pas dit vous-même ?

— Non, non, pas tant que ça. Ou plutôt, si... Mais au fond, c'est changer, varier, que j'aime.

Plus elle veut affermir sa voix pour donner un air de sincérité à ses paroles, plus je sens qu'elle ne dit pas la vérité, qu'elle s'enfonce dans son mensonge.

— Ainsi, votre banc, votre cher petit banc, sur lequel je vous ai si souvent surprise en train de songer, ce qui, entre parenthèses, m'a valu sans doute d'être souvent maudit, vous allez le quitter comme cela, sans le moindre regret ?

Je souhaite qu'elle me réponde, pour *savoir*, pour éclairer un peu mes suppositions. C'est en vain. Cependant je touche probablement à la question brûlante, car elle ne peut réprimer un mouvement d'impatience. Mais elle évite la réponse.

— Marie, Marie !

— Laissez-la donc ; elle n'a certainement pas cueilli la moitié de ses fleurs.

— Non, non ! Il est trop tard. Marie, Marie !

— Eh ! bien ?

— Il est midi. Dépêche-toi !

— J'arrive.

La voici, avec sa gerbe énorme qu'elle tient à deux bras, comme on tient un nouveau-né.

— Donne-m'en la moitié, dit Marthe. Tu vas tout faire tomber.

— Tiens.

Marthe reçoit les fleurs. En deux grands pas, Marie prend de l'avance, marche devant moi ; et, dans sa main entr'ouverte, collée au dos, elle me montre un insecte couleur vert-de-gris et doré comme un bijou.

— Attrape, attrapera pas, attrape, attrapera pas !

Sa main s'ouvre, se ferme, s'ouvre, se ferme. Ce jeu me rapproche d'elle. C'est peut-être, de sa part, une façon de me permettre de lui étreindre les doigts. Le moindre de ses gestes a pour moi une signification que j'analyse. Je tire de celui-ci une conclusion heureuse. Je regarde Marthe avec un

Marie pique la fleur au sommet du petit tertre (p. 24).

battement de cœur. Je voudrais qu'elle tournât la tête. Je baiserais les doigts de Marie. La main s'ouvre, se ferme sur le pauvre captif. Je profite d'un moment où elle reste un peu trop ouverte pour y glisser le pouce et l'index. Marie jette un petit cri.

Sa main se referme sur mes deux doigts.

— Vous ne le tenez pas encore, l'insecte ! me défie-t-elle.

— Pas encore ; mais je l'aurai, je l'aurai.

Mes doigts tournent dans la main de Marie, débarrassée de la gerbe, qu'elle a donnée à Marthe. De sa main libre, elle comprime, pour les empêcher de sortir, celle qui tient prisonnière mes deux doigts.

— Vous ne l'aurez pas.

— Si, si.

Et elle rit : et j'ai ce rire frais dans la figure, et aussi l'odeur de son corsage, l'odeur tiède de sa poitrine, une senteur de blonde que souligne un peu de verveine. Un papillon passe, se pose sur le front de Marie. Elle veut le chasser de sa main qui tient mes doigts. Elle l'ouvre. Je retire l'insecte.

— Imprudente ! imprudente !

— Traître !

Et elle rit, elle rit.

J'ai l'insecte en petits morceaux luisants pareils à des fragments d'écaille.

— Vous l'avez tué. Je n'en puis plus. Je suis exténuée.

Je fais mine de jeter les débris de la bestiole.

— Non, non ! s'écrie-t-elle. Nous allons l'enterrer. Tenez.

Marie prend les minuscules dépouilles. Elle les dépose sur le sol, les couvre d'un peu de terre qu'elle arrange avec des gestes d'enfant faisant des pâtés de sable.

— Maintenant, il faut l'orner. Marthe, une fleur. La bleue, veux-tu ?

— Tiens.

Marie pique la fleur au sommet pointu du petit tertre.

— Midi passé, ajoute Marthe. Dépêchons-nous.

— Nous sommes arrivés, d'ailleurs. Voici ma maison.

— Comment s'appelle-t-elle ?

— *La Chaumière.*

— Et où est-elle ? s'écrie Marie. Je ne la vois pas. Montrez-la-moi ?

Je lui indique un trait rouge dans des feuillages : le toit de *la Chaumière.*

— Là. Et mon domestique, le voyez-vous ?

— Votre domestique ? Non je ne vois pas. J'aperçois bien, au portail, un petit bonhomme, un pâtre, qui garde un troupeau ; mais de domestique, point.

— C'est précisément lui, le domestique, le petit bonhomme qui garde le troupeau.

— Une chaumière pour maison, un pâ-

tre pour domestique, mais c'est le rêve !

— Un rêve auquel il ne manque que l'essentiel.

J'ai hasardé cette pauvre allusion. Marie n'a pas compris ou, peut-être, n'a pas voulu comprendre.

— Mon Dieu, mon Dieu, qu'il doit être tard ! dit Marthe. Nous n'avons pas le temps de cueillir des fleurs. Contentons-nous de faire le tour du jardin.

— Ce sera vite fait, car mon jardin est petit, aussi petit que ma maison.

— Petite maison, grand repos, répond Marie.

— Pas toujours.

— Et pourquoi, pas toujours ?

— Ah ! voilà !

Par une transition facile, je m'apprête, puisqu'elle m'interroge, à lui dire comment le proverbe est pour moi mensonger ; mais elle en reste là de sa question. Par une de ces décisions brusques dont elle est coutumière, elle va regarder un arbre au milieu du jardin.

— N'est-ce pas qu'il est curieux, mon arbre ?

— Très curieux ; mais êtes-vous bien sûr que ce soit un arbre ? N'est-ce pas plutôt, n'est-ce pas un peu une bête ?

— Ma foi ! il se peut qu'il participe de l'un et de l'autre.

Par sa forme, il est quelconque ; mais, par la nature de son écorce, il est très singulier. Elle ne se brise pas. Elle s'enlève facilement, par grands lambeaux, souples comme des peaux de gants, tièdes comme une peau humaine.

— Marthe, vois donc, vois donc !

Marie a fait une entaille à l'arbre. Doucement, doucement, elle tire l'écorce, qui se détache en un seul morceau, avec un petit bruit gluant, pareil à celui que ferait un rouleau de satin promené lentement sur une surface huilée.

— Une fois, dit-elle, quand j'étais petite, je m'étais amusée à enlever la peau à une anguille. La sensation que j'éprouvai est un peu celle que j'ai maintenant avec ce drôle d'arbre. Mais il me fait une impression plus bizarre. Il me semble que je scalpe quelqu'un.

Un petit frisson de joie cruelle passe sur les traits de Marie, les contracte légèrement.

— Si tu m'aidais, Marthe, à tourmenter l'arbre ?

— Non, non, je cherche un trèfle porte-bonheur.

Des branches supérieures, un peu d'écorce pend, laissant à découvert une entaille luisante comme une blessure.

— Tenez, dis-je à Marie.

Doucement, doucement, elle prend le morceau d'écorce, l'attire à elle. L'écorce suit, dévêtant l'arbre, qui apparaît brillant comme de la chair à vif, humide comme un torse trempé de sueur. Au pied de l'arbre gît l'écorce, qui se durcit, se racornit, prend une apparence de cuir brûlé.

— Touchez l'arbre, maintenant qu'il n'a plus sa peau.

Marie approche les doigts. Le contact lui fait pousser un petit cri voilé.

— Que c'est bon! Oh! que c'est bon!

Elle ferme les yeux. Elle palpe l'arbre étrange et le caresse.

— C'est, à la fois, frais, tiède et vivant. Il doit y avoir quelqu'un à l'intérieur. Il me semble que si je le transperçais, du sang sortirait.

Sa main s'ouvre et se ferme, s'arrête et reprend sa caresse.

— C'est meilleur encore. C'est de plus en plus agréable.

Ses narines palpitent, ses lèvres restent entr'ouvertes. Sur la blancheur humide de l'arbre, elle passe tour à tour le dos et la paume de sa main énervée. Je regarde Marie. Elle prend goût à ce jeu. Je suis ses mouvements qui, tous, dénotent de la sensualité.

— Mais, lui dis-je... et je sens ma voix trembler... il y a mieux que cela. Il y a ceci...

Je lui indique une plante de l'espèce des fenouils, ronde et profonde, touffue de la base au sommet, qui, de loin, a l'air d'une vapeur, et dont le feuillage, par sa finesse soyeuse, donne au toucher une impression de duvet.

— Que faut-il faire?

— Plonger les mains, simplement.

Marie plonge les mains. Elle a aussitôt un mouvement de recul. Elle pousse un petit cri :

— Mais c'est délicieux, c'est délicieux!

Elle relève les manches de son corsage et plonge ses bras nus.

— Je ne puis pas dire ce que j'éprouve...

Je regarde ses bras, qui, dans le vert profond de la plante, sont plus blancs encore.

— Je m'en vais, Marie. Viens-tu? s'écrie Marthe.

— Me voilà! Me voilà!

Elle rabaisse ses manches, éteint la nudité de ses bras.

— Attendez un instant, dis-je. Il faut que je vous donne mes fleurs.

Je coupe quelques roses. Je forme deux gerbes, que j'offre aux deux sœurs.

— Merci, merci! Elles embaument. Échappons-nous. Je ne reviendrai plus dans votre jardin, s'écrie Marie. Votre arbre et la plante m'ont trop énervée.

— Vous verra-t-on demain, mesdemoiselles?

— Oui, mais pas dans la matinée; car nous avons les malles à faire. L'après-midi, si vous voulez, nous aurons du temps pour un bout de promenade. Nous ne partons qu'à six heures. Voulez-vous nous attendre sur la route d'Ascain, vers trois heures?

— C'est entendu.

— A demain, alors.

— A demain.

VII

— Y a-t-il longtemps que vous êtes arrivé?

— A l'instant.

— Comme nous.

— Votre costume sent le voyage : jupe courte, jaquette tailleur, gants de suède, canotier.

— C'est si commode!

— Et ces malles sont faites?

— Elles sont faites.

— « Ces malles sont faites... » Ah! qu'il y a du départ dans ces quatre mots!

— Comme c'est vrai, approuve Marthe.

La route est blanche, de ce blanc mat qu'a le sol en hiver. Un petit soleil doux l'éclaire, un tout petit soleil, si faible qu'on peut le fixer sans cligner les yeux. L'air est plat. Aucune brise. Il n'y a personne sur la route, ni hors la route. Tout est silencieux. La rivière qui longe la route, la calme et sinueuse Nivelle, est presque à sec. Je la préfère ainsi, surtout maintenant, par ce silence et ce soleil languide. Rien ne met plus de sommeil et de paresse dans un paysage qu'une rivière dont les eaux sont basses. Ici, les rives sont d'étroites grèves humides, brillant, à certains endroits, avec un éclat de métal. Dans leur limon épais, deux ou trois barques sont couchées au bout de leurs amarres, qui traînent comme des reptiles morts.

Oh! que ce temps est à souhait pour envelopper la tristesse d'un départ, le chagrin d'un adieu! Des bruits rares et faibles, qui viennent on ne sait d'où, s'éteignent aussitôt dans l'atmosphère. Cette route, par ce petit soleil, est bien celle qui conviendrait à la lente promenade d'un malade qui voudrait essayer ses forces, réchauffer ses épaules frileuses. Si, dans ce soleil, dans ce paysage, il y a tant de douce tristesse, c'est que l'automne approche. Il me vient, de cet après-midi et de ce temps, une mélancolie pareille à celle qui me viendrait de l'agonie muette et résignée d'un adolescent.

Marie va partir! Elle est à côté de moi. Dans quelques heures, elle sera loin. Demain elle sera au fond de sa province. Comment pourrai-je me déshabituer de sa présence?

— Puisque Monsieur le songeur possède une montre, me dit-elle d'une voix rieuse, il est prié de ne pas nous faire manquer le train.

— Manquer le train! mais vous n'y pensez pas! Il ne part qu'à six heures, et il en est à peine trois et demie. C'est vous dire que nous avons tout le temps. Vous pouvez avoir confiance en Monsieur le songeur, qui ne songe à rien du tout.

Je me sens gauche et timide, parce que je me dis que Marie *sait* peut-être. Je n'ai pas demandé le secret à Marthe; et puis, tout se dit entre sœurs, ou, du moins, beaucoup de choses. Il se peut donc qu'elle lui ait rapporté ma confession. Je cherche sur le visage de Marie, dans ses gestes, dans ses paroles, une indication, quelque chose qui puisse m'éclairer, mais je ne vois rien. Peut-être ne sait-elle pas. Peut-être bien, aussi, que rien ne transparaît. Elle est pareille à hier; ses gestes, ses paroles disent sa même insouciance de tout, sa même gaieté légère. Les expressions de son visage ne sont pas celles que mon imagination lui prête, en admettant qu'elle soit au courant. Il est vrai que chacun se manifeste de façon différente, et Marie se sert peut-être de sa frivolité comme d'un masque. Tout cela, d'ailleurs, n'est que conjectures inutiles. J'ai encore deux heures pour lui dire que je l'aime. Je lui dirai tout ce qui me passera par le cœur. Toutes les phrases vieillies par l'usage, je les lui redirai sans doute, mais ma sincérité les rajeunira.

Telle est l'intensité de mes pensées qu'il me semble qu'elles se voient dans mes yeux, que Marie les lit et qu'elle va, d'un moment à l'autre, me dire: « Qu'attendez-vous? je suis impatiente de vous entendre. Comment ne le voyez-vous pas? » Et je rencontre la réalité: Marie qui, à quelques pas devant, cueille des fleurs, en causant avec Marthe. Ses paroles m'arrivent dans de frais éclats de rire.

— Nous parlons de l'impression que suscitent les départs en général, me dit Marthe, et nous ne sommes pas du même avis.

— Et votre avis est?

— Qu'ils sont bien tristes, quels qu'ils soient, surtout lorsqu'il s'agit d'un pays où l'on vient chaque année dans la seule intention de s'y distraire.

— Si ces départs sont tristes, c'est qu'au fond on ne sait pas si l'on reviendra; et les gens et les choses qui ont contribué à nous rendre cher un endroit, nous ne savons pas si nous les retrouverons.

— Vous n'êtes que des broyeurs de noir, s'écrie Marie, de sa voix gaie. Partir, partir! Mais on revient, on retrouve tout à sa place. Et puis, le petit chagrin de partir, la petite minute d'émotion à la gare, tout cela est oublié dès que le train est loin. Ce chagrin est comme la fumée de la locomotive, il se dissipe aussitôt.

— Allons, allons! dis-je, chacun sent les choses différemment. Pour moi, je ne puis mieux comparer la tristesse de ces départs, de ce retour chez soi, l'été fini, qu'à la rentrée au collège, jadis, les vacances terminées.

— Comme c'est cela! murmure Marthe.

— Mais, Monsieur le mélancolique, me dit Marie, ni vous ni moi ne rentrons dans aucun collège, dans aucune prison. Bien au contraire. Chez nous, là-bas, l'hiver est très gai. On n'a pas le temps de s'ennuyer, je vous jure. Pourquoi, alors, me tourmenterais-je?

A quoi bon chercher à la convaincre! Personne ne convainc personne. Chacun de ses mots me fait mal. Quelle ironie que sa gaieté, que sa joie de partir, alors que je m'afflige à l'idée que, dans quelques minutes, elle sera loin! alors que je rencontre chez Marthe, dont je m'occupe si peu, la disposition d'âme que je souhaiterais chez Marie! Il est vrai que c'est peut-être cette frivolité, cette insouciance, cette gaieté légère qui constituent son charme, qui me la font aimer.

Quatre heures! Et moi qui trouvais que c'était plus qu'il ne me fallait pour lui dire que je l'aime! Maintenant, je trouve qu'une journée ne serait pas assez. Je voudrais pouvoir arrêter le temps. Je voudrais surtout disposer Marie à m'écouter.

Il faut que j'agisse; et, pour m'entraîner, il faut que je ne pense pas et que je parle.

— Évidemment, dis-je, nous avons encore le temps; mais il serait plus prudent de nous rapprocher.

— Oui, oui, s'écrie Marie, d'autant plus qu'il nous faudra passer à la maison pour prendre notre sac à bijoux et rejoindre notre père qui doit nous attendre près du Casino.

— Allons, revenons, dit Marthe.

Je souhaite qu'elle s'écarte un peu pour que je puisse parler à Marie. Le petit soleil éclaire la rivière assoupie et la route déserte. On dirait que c'est lui qui fait le silence. De l'abattoir, devant lequel nous passons, vient un bruit régulier et sourd de hache heurtant quelque chose de mou. Au loin errent les sonnailles d'un troupeau qu'on ne voit pas.

— Et les fleurs que vous venez de cueillir? dis-je à Marie.

— Je les ai jetées.

— Tu es folle, dit Marthe.

— A quoi bon! Elles m'auraient encombrée. Et puis, j'ai pour le voyage le bouquet de *la Chaumière*, que je vais prendre en passant.

— Quel honneur pour moi! dis-je.

J'attends que Marie me fasse comprendre à demi-mot qu'elle les a gardées en souvenir. Mais sa voix, claire et gaie, coupe net mon illusion :

— Elles embaumaient; alors, je les ai conservées.

D'ailleurs, je ne les ai pas toutes. J'en ai

« Venez... asseyons-nous »... comme elle m'a dit cela! (p. 28).

donné une partie au maire, qui est venu nous voir.

Pourquoi ajoute-t-elle cela? Il est vrai qu'elle ne sait pas bien ce qu'elle fait.

Marthe marche à côté de moi, les pouces dans les poches de sa jaquette, les yeux baissés, le front chargé de pensées.

— Si tu veux être une gentille sœur, lui dit Marie, tu iras chercher le sac. Pendant ce temps, je t'attendrai avec Monsieur, dans le jardin. J'ai la paresse de monter. Tu peux bien te dévouer?

— Je me dévouerai. Suis-je assez gentille?

Ainsi, c'est Marie elle-même qui provoque l'occasion souhaitée. Nous serons seuls quelques instants. Comment ne verrais-je pas dans ce rien un heureux présage, un signe que me fait la chance? D'où nous sommes, il faut environ quinze minutes pour atteindre la villa : c'est-à-dire que dans quinze minutes mon sort sera décidé. A chaque pas, je perds un peu de l'assurance dont j'ai tant besoin, moi, le nerveux. A mesure que j'approche, l'espèce de panique que j'éprouve s'accentue. Je voudrais reculer l'instant ou le hâter, supprimer ces quelques minutes qui m'en séparent, dire là, sur-le-champ, à Marie, les choses qui me font trembler le cœur. De les dire tout d'un trait, sans y penser, il me semble que je les dirais mieux. Mais Marie a l'air si loin de ce qui m'occupe!

— Je pense à une chose, me dit-elle : pourquoi ne viendriez-vous pas cet hiver dans notre ville? Il y a des chasses, des bals, et, ce qui n'est pas à dédaigner, de très jolies jeunes filles, des Anglaises, des Espagnoles, des Américaines, toutes les variétés de la beauté.

— Qu'est-ce que cela peut lui faire? dit Marthe, sortant de son silence et y rentrant aussitôt.

— Comme tu es grave, ma sœur! reprend Marie. Tu n'aimes pas le bal. Tu lui préfères, je crois, le couvent. Pourquoi ne prendrais-tu pas le voile?

Les fronts des deux sœurs accusent le contraste de leurs deux natures : le front de Marie, rieur, derrière lequel passent, sans laisser de pli, les pensées légères ; l'autre, triste, soucieux, comme travaillé par un chagrin unique.

— Si nous prenions par là? dit Marie.

Elle indique, à gauche de la route, un petit chemin de traverse à peine tracé dans l'herbe :

— Passons de ce côté.

Émergeant des ombrages, le toit rouge de la villa apparaît. Je ne sais pourquoi, les battements de mon cœur se modèrent. Il me semble que je vais parler très bien. Le toit rouge se précise, découpé en pointe aiguë. Le sentier tourne, monte, s'arrête au portail. Je me sens parfaitement calme.

— Je t'attendrai ici, n'est-ce pas, Marthe? Venez, me dit Marie.

Nous entrons dans une sorte de charmille tapissée de chèvrefeuille.

— Asseyons-nous.

« Venez... asseyons-nous »... comme elle m'a dit cela! Doucement et avec un petit signe de la tête qui avait tout l'air d'un encouragement. Cette charmille est un lieu rêvé pour échanger des paroles tendres. Il y flotte un jour vert, faible et indécis comme un crépuscule. Il y règne un silence de chapelle, un calme qui invite à parler à voix basse. Marie s'assied, tapote sa jupe, dont l'étoffe remuée bruit comme un frôlement. Dans ce jour opaque, dans le silence de cette chambre verte, peut-on parler d'autre chose que d'amour? Mais la tranquillité qui vient de tout cela doit donner une telle valeur au moindre mot, au moindre geste, que j'en arrive à souhaiter un peu de bruit.

— Comme on est bien ici! fait Marie, s'adressant à elle-même.

Cette phrase, je la pressentais. Il était fatal que l'un de nous la prononçât, soit par besoin de dire quelque chose, soit parce que la douceur de la charmille est telle qu'on ne pouvait pas ne pas l'exprimer.

— Oui, cette charmille est exquise.

Je sens que je perds peu à peu ma belle assurance de tout à l'heure. Mes artères se reprennent à battre. Comment parler? Ma voix tremblerait! Ah! que j'envie ceux qui sont maîtres de leurs nerfs! Marie n'est plus rieuse et distraite. Elle est comme attentive au silence tendu entre nous, et elle a l'air un peu intimidée, soit parce qu'elle a l'intuition des paroles que je vais prononcer, soit parce qu'elle éprouve cette gêne à dire les plus simples choses que les moins timides éprouvent lorsque après avoir été plusieurs on se trouve rester soudain en tête-à-tête avec quelqu'un d'un peu étranger. Les minutes passent. Cette occasion est unique. Quand se représentera-t-elle? L'idée que ces précieuses minutes se perdent m'excite, me fouette. Je tortille ma moustache, je croise et décroise les jambes, je me lève, je m'assieds, comme si tous ces mouvements devaient remuer les mots, les faire sortir. Je sens que je vais me délivrer enfin. Je dis :

— Oui, cette charmille est agréable. La villa aussi, d'ailleurs, cette villa est charmante. Vous devriez passer ici tout l'automne.

— C'est vous, monsieur, qui devriez plutôt passer l'automne et l'hiver dans notre ville.

Ce « Monsieur » me glace, me met en déroute, ce « Monsieur » dont elle ne s'était pas servie depuis longtemps, et qui revient sur ses lèvres sans doute parce qu'elle ne sent plus cette aisance avec moi, cette camaraderie qu'elle a lorsque nous ne sommes pas seuls. J'ai l'impression que les minutes s'en vont plus vite, que tout est perdu. Puis, je me sens ridicule et gauche.

— Mais Marthe devrait bien se presser, remarque-t-elle tout d'un coup. Quelle heure est-il?

— Cinq heures et quart.

— Cinq heures et quart! Mais que fait-elle? Marthe! Marthe!

— Me voilà!

Oui, tout est perdu! Je me console en me disant que j'aurai bien une autre occasion jusqu'à la gare. En même temps, j'éprouve une sorte de soulagement parce que le tête-à-tête va cesser.

— Me voilà!

La voix se rapproche. Voici Marthe.

— Tiens! dit-elle à Marie, en lui remettant les fleurs de mon jardin.

— Elles commencent à se flétrir, observe Marie; mais elles dureront bien encore jusqu'à ce soir. Eh! bien partons-nous?

— Si tu veux.

— Tu n'as rien oublié?

— Non.

— Tu as le sac à bijoux?

-- Oui.

— Allons, en avant! ordonne Marie.

Nous quittons la charmille propice. Alors, j'ai l'impression que c'est bien fini. La minute de tout dire à Marie était venue; je l'ai laissée passer. Je ne suis qu'un pauvre être, aussi maladroit qu'un enfant. Toutes mes ferveurs n'aboutissent à rien. Seul, je suis éloquent, je me sens de la facilité, une abondance de paroles. Quand elle est là, je ne sais plus. Sur cette route, tout à l'heure, je me voyais en tête-à-tête avec Marie, les phrases venaient naturellement. Au lieu de cela, quelques mots sur l'agrément de la villa; et la sensation atroce des paroles qui tremblaient aux lèvres. sans sortir, me donnait l'impression d'un bâillon sur la bouche.

— Puisque papa nous attend devant le Casino, il vaudrait mieux passer par la plage, suggère Marthe.

Nous prenons la route qui conduit à la mer. Je me dis que Marthe marchera peut-être devant nous avec son père. Cela est presque certain; d'ordinaire il en est ainsi; nous serons donc seuls encore, Marie et moi. Cette fois, je ne manquerai pas l'occasion. Je parlerai, même si j'étouffe comme tout à l'heure, même si je me sens ce nœud à la gorge qui me barrait le souffle; coûte que coûte enfin, je parlerai. Allons! allons! il suffit de vouloir; on commande à sa timidité quand on veut bien. D'y croire, je sens renaître mon espérance. Elle grandit, se dilate, dissipe cet apitoiement que j'avais sur ma faiblesse.

Nous suivons la route qui longe la mer, passe devant l'établissement de bains. Le Casino est là-bas, au bout, à gauche. Quelqu'un fait les cent pas devant la terrasse.

— Je crois bien que c'est papa, fait Marie. Qu'en dis-tu, Marthe? Regarde.

— Oui, oui, c'est bien lui.

Toutes deux, elles se mettent à faire des signes, avec leur ombrelle. Pour la seconde fois, ma belle assurance tombe. Il me semble que l'on vient de souffler dessus. Je suis repris par ce même tremblement de tantôt,

par cette sensation de perdre la tête que j'ai eue en entrant dans le jour opaque de la charmille. Et puis, je suis dominé, retenu, par cette peur d'être ridicule en me déclarant à brûle-pourpoint. Aussi j'en arrive à souhaiter maintenant que nous ne soyons plus seuls; comme cela, je n'aurai rien à me reprocher, ce sera la faute des circonstances.

Voici M. Villiers.

— Vous êtes bien aimable d'être venu nous accompagner, me dit-il.

— C'était la moindre des choses.

Et je cherche à engager la conversation pour rester avec lui; mais je n'y réussis pas. Marie me demande ma lorgnette :

— Voyez donc, monsieur, il y a là-bas, en mer, quelque chose de noir qui remue, apparaît et disparaît.

Elle tend le doigt vers le point de l'horizon où la chose ballotte.

— Voici ma lorgnette. Je ne sais pas si vous verrez bien. Elle n'est pas très bonne.

— Ça ne fait rien, donnez toujours.

— Moi, je m'en vais, dit Marthe.

— Voyons, Marie, tu vas nous retarder, ajoute M. Villiers.

— Nous te suivons, papa. Marche devant avec Marthe. Nous vous rattrapons tout de suite.

— Allons, fait-il, comme tu voudras.

Et il s'en va vers la gare avec Marthe.

Marie et moi demeurons. Dans son impatience de voir, elle tourmente la lorgnette, roule vite, vite, la vis de mise au point. Ses doigts se lèvent et s'abaissent, comme les doigts d'un joueur de flûte. Je suis près de Marie, tout près, à la toucher, la joue contre son oreille. Les battements de mon cœur ont cessé. J'éprouve maintenant comme de la stupeur à être là, si près d'elle, sans rien trouver à lui dire.

— Ce n'est qu'un bateau de pêcheurs, dit-elle, en me rendant la lorgnette.

La barque monte et descend, portée par l'ondulation de l'eau. Les bras des pêcheurs, s'abaissant et se levant dans le mouvement d'amener à eux le filet. dessinent le geste de demander du secours. Les minutes passent : je ne dis toujours rien. J'éprouve la sensation de descendre dans un abîme. Il me semble que Marie est loin, loin, inaccessible. A quoi bon lutter? A quoi bon essayer de m'arracher les mots? Ils sont fichés dans mon cœur, et rien ne pourrait les en sortir.

Quand Marie me dit qu'il faut partir, je

la suis, résigné à ne plus essayer de déchirer mon douloureux silence. Je me sens si petit, si humblement misérable, qu'il me semble que c'est elle qui va parler la première. Mais je n'ai qu'à la regarder pour que s'en aille mon illusion. Elle tient les fleurs de mon jardin. Elle les agite avec un geste de joie :

— Voilà l'hiver ! j'aime tant l'hiver !

— Et de partir, lui dis-je, sans la regarder, cela ne vous fait rien du tout ?

— A vrai dire, non. Je suis contente quand j'arrive, contente quand je pars. Oh ! les pauvres fleurs ! s'écrie-t-elle, en les sentant fortement, comme pour leur prendre tout leur parfum. Je crois qu'elles seront flétries ce soir. Voyez.

Et elle agite violemment les fleurs, dont les pétales, aussi minces et blancs que des ailes de papillon, tournoient lentement avant de toucher le sol.

Nous longeons la mer et prenons la rue descendante qui va de l'Hôtel d'Angleterre à la place Louis XIV et à la gare. Quand je la vois, là, tout près, cette gare qui est pour moi la dernière étape, la dernière occasion, l'apitoiement que j'avais sur moi-même tout à l'heure se change en de la fureur, en un besoin de m'injurier, en une rage sourde qui me crispe et me donne envie de pleurer. Mais tout cela se passe au fond de moi, et plus approche le moment de nous séparer, plus je me sens incapable d'une parole.

— Nous voilà ! dit Marie, en apercevant Marthe qui, l'air pensif, fait les cent pas sur le quai de la gare. Nous voilà, nous voilà ! Tu as l'air de réfléchir. Sur quoi médites-tu ? Regarde mes fleurs. Quel dommage ! Elles sont presque toutes fanées. Regarde.

Elles tombent, lentement, tristement. Une à une, leurs feuilles se détachent.

— Regarde, répète-t-elle, en agitant d'un geste gai la gerbe, qui n'est plus qu'un faisceau de tiges. Et les roses, où sont-elles, les roses qu'il t'a données ?

Marthe reste là, un instant, puis, brusquement, sans mot dire, s'en va vite.

La gare s'est réveillée. Elle est frémissante de vie. Les commissionnaires, les cochers, les portefaix, tous les amateurs de papotages, tous ceux qui, d'habitude, bâillent et flânent, vont et viennent des omnibus à l'intérieur de la gare, le dos courbé sous les malles qu'ils déchargent sur le comptoir des bagages, dans un bruit de poids lourd qui rebondit. Et ce va-et-vient, ces appels qui s'entre-croisent, mais surtout ce bruit que font les malles sur cette sorte de comptoir où on les jette avant de les peser, tout cela compose une atmosphère de départ à laquelle se mêle, pour l'accentuer, l'impression de saison close, d'été fini, que l'on a reçue, en venant, des maisons aux volets fermés, des magasins aux devantures baissées. Un timbre électrique vibre sans arrêt, et il semble que c'est ce carillon métallique et fiévreux qui donne à la gare cette hâte, cette précipitation à aller et venir, à parler, à gesticuler. Il m'énerve et m'affole un peu plus. L'aiguille de l'horloge a dépassé la minute à laquelle le train devrait être en gare. Ainsi, maintenant, il ne peut plus tarder. Profitant d'un instant où Marie est allée à la bibliothèque, Marthe vient à moi. Elle me presse les mains et me dit : « Je vous souhaite d'être heureux, mon ami, mon cher ami. » Surpris, je ne trouve rien à lui répondre; d'ailleurs, elle disparaît soudain dans la foule. Le timbre vibre avec, semble-t-il, plus de fièvre. Une cloche sonne. Un employé crie à la foule : « Prenez garde, prenez garde ! » et fait un geste qui invite à se ranger. Un grondement sourd sur lequel tranche tout à coup le déchirement d'un sifflet, approche.

— Le train ! le train ! Dépêchons-nous, crient les gens.

La machine entre en gare, s'arrête avec un bruit de coureur essoufflé qui fait halte pour respirer. Je cherche Marie. Elle est derrière moi. Comme un fou, avec des yeux que je sens hagards, je lui dis : « Marie, Marie, écoutez-moi. » En une seconde, je comprends ce que ce « Marie », sans le « Mademoiselle » dont je le fais toujours précéder, doit lui sembler fou; je suis tout étonné moi-même d'être allé jusque-là. Elle se tourne, me regarde, un peu interloquée, mais souriant quand même.

— Marie, lui dis-je, écoutez, je vous en prie.

— Mais... qu'y a-t-il ?

— Rien... rien... Je croyais que vous aviez oublié votre petit sac... Je me suis trompé, je vois que vous l'avez.

Et je me mets à rire, d'un rire atroce, artificiel; et ce rire, dans mon intention, a pour but de lui cacher ma tentative avortée, de lui faire croire à une plaisanterie. Des voyageurs qui nous poussent de tous côtés nous entraînent vers le quai.

— Voici votre père, dans ce compartiment. Elle y court, je la suis. Elle monte et s'installe, gaiement.

— En voiture ! en voiture ! crient des employés en courant le long des wagons dont ils ferment les portières.

Une cloche sonne. Un homme souffle dans une trompette de corne. Le sifflet déchire l'air. La locomotive se remet à respirer.

— Adieu ! me fait M. Villiers.

Marthe me dit bonjour de la main et me regarde fixement.

— Au revoir ! me crie Marie, d'une voix claironnante et extraordinairement joyeuse.

Je la vois s'installer, s'asseoir en se frottant les mains. Le train s'éloigne. Marthe est toujours à la fenêtre du wagon. Elle me regarde. Le train file, prend tout de suite de la vitesse. Bientôt, il n'est plus qu'un long serpent noir qui se replie, diminue. Le dernier wagon disparaît.

Marie est partie. Alors, il me semble que toute ma souffrance de ne lui avoir rien dit me monte à la gorge pour m'étouffer.

DEUXIÈME PARTIE

I

Enfin ! Le mois de juillet est revenu ; et avec lui les vacances et les baigneurs.

En parcourant une gazette mondaine, *l'Écho des Plages*, je vois sur la liste des étrangers arrivés hier : « Villa Sainte-Barbe, M. et Mlles Villiers. » Je vois cette ligne tout à coup, et je ne vois qu'elle. Je la lis et je la relis. Elle me fascine. Il me semble qu'elle est imprimée en caractères spéciaux, en une encre qui brille. Ainsi, Marie est arrivée. Peut-être qu'en ce moment elle passe sur la route, qui n'est qu'à quelques mètres de ma maison. Peut-être que pour la voir il me suffirait de faire seulement quelques pas. Je me dis je me répète ces choses, et j'en éprouve de l'étonnement, comme si elles étaient impossibles. Il y a dix mois qu'elle est partie; mais j'ai tant pensé à elle chaque jour qu'il me semble que ce départ est d'hier.

Je viens de dîner. J'attends que le jour soit tout à fait éteint pour sortir à la recherche. Les dernières lueurs du crépuscule s'effacent ; la nuit vient vite. Elle est bien la belle nuit de juillet telle que peut la conce-

Pour la première fois de l'année j'ai dîné dans mon jardin.

voir une imagination romanesque. Pour la première fois de l'année, j'ai dîné dans mon jardin, sur une table de pierre disposée près de l'arbre à l'écorce étrange. Le pâtre mon domestique a mis au milieu de la table une lampe de jardin : la lueur ronde de cette lampe, dans cette obscurité indécise qu'elle vient de reculer, sous ces branches qu'elle dore à peine, me donne plus que tout une impression de soir d'été. Pour moi, l'été ne commence vraiment que le premier soir de mes repas dehors à la lueur de cette lampe. Des insectes aussi légers que des cendres montent et descendent dans l'air, vont et viennent autour de la lueur, qui accuse nettement l'arbre, dont les branches s'étendent pareilles à des bras qui bénissent. Au loin, dans la campagne, des grenouilles raclent l'air chaud de leurs coassements. Dans l'ombre de mon jardin, le pâtre passe et repasse, avec un arrosoir qu'il balance sur les fleurs, d'un lent mouvement cadencé. L'eau, divisée par les petits trous de la pomme, fait, en touchant les feuillages, un bruit frais et soyeux, qui se change en un court gargouillement quand l'arrosoir se vide. Du sol moite monte une forte senteur de terre.

Vite, je prends mon chapeau, et me voilà parti en quête de Marie. Elle doit être dehors, probablement sur la jetée. C'est là que chaque soir l'on se promène et l'on flâne. Je passe par un petit sentier qui conduit à l'établissement de bains. Je ne me sens pas trop nerveux, parce que je n'ai aucune chance de la rencontrer en cet endroit presque toujours désert. Malgré tout, quand j'aperçois la jetée, mon cœur se met à battre. Cette jetée, je m'y suis promené tous ces jours-ci, hier encore. Elle n'a pas changé : pourtant, il me semble qu'elle n'est plus la même. C'est que je me dis que Marie est peut-être par là, tout près ; et la présence, même invisible, d'une femme que nous aimons nous change une atmosphère, nous transforme un paysage, met dans l'air comme une électricité. Les étoiles brillent. C'est agréable de les regarder ; elles ont l'air d'yeux bienveillants. La nuit est molle. La mer est aussi calme qu'un lac.

A chaque ombre qui passe dans l'ombre, mon cœur bat un peu plus. Si c'était elle ! Mais l'ombre se précise, passe inconnue, et s'enfonce dans la nuit.

Un instinct me dit qu'elle est là-bas, devant le Casino d'où viennent une musique et une clarté. A cet endroit, le parapet de la jetée forme un banc ; c'est là que se réunissent chaque soir les flâneurs. En ce moment, ce n'est pas un raisonnement qui me guide, mais une sorte d'intuition si forte que je ne cherche pas à discuter avec moi, à me demander si j'ai plus de chance de

trouver Marie là qu'ailleurs. Je marche vers là-bas, tout droit, sans m'arrêter. Pour me donner un air de promeneur que rien ne préoccupe, j'ai mis mon chapeau sur l'oreille, je fais tournoyer ma canne et je sifflote un air. Il y a certaines émotions qui, chez moi, se traduisent par de la timidité et plus cette timidité est grande, plus j'éprouve l'instinctif besoin d'affecter un air crâne, ce qui fait que mes gestes, mes paroles, toutes mes manifestations extérieures expriment souvent l'opposé de mon état d'âme.

Plus on approche de la clarté et de la musique, plus les promeneurs sont nombreux. C'est là-bas qu'elle doit être, devant le Casino, à l'endroit où des flâneurs assis sur le parapet forment une ligne compacte et animée. Les fenêtres de la salle de bal sont grandes ouvertes. C'est de cette salle que viennent la musique et les lumières ; mais trop faible est la clarté pour qu'on puisse distinguer le visage de ceux qui sont assis sur le parapet. Légère est la musique. L'orchestre ne doit être composé que de quatre ou cinq instrumentistes, car le son est faible. Les airs qu'ils jouent sont de ceux qu'on entend le soir aux terrasses des cafés, petits airs qui vont à merveille avec les ombrages chargés de lanternes, l'odeur des routes arrosées, le mystère que la nuit met sous les arbres, avec tout ce qui compose le charme énervant des nuits d'été. Celui qu'ils exécutent en ce moment m'attendrit et me passionne tour à tour. Des paroles que je voulais dire à Marie, et que ma néfaste timidité refoulait au fond de moi, me montent maintenant aux lèvres. Je ne crains qu'une chose, c'est que l'orchestre s'arrête ; et avec lui cette chaude exaltation qui circule dans mes veines comme un vin.

Arrivé à l'endroit du parapet où le rang des flâneurs est compact et où je peux espérer que Marie se trouve, je ralentis le pas. Je fais tournoyer un peu plus vite ma canne et je sifflote un peu plus haut. Je regarde attentivement les ombres du parapet, mais pas en face. Je n'ose pas. Il fait nuit. Personne ne peut donc voir ce qui se passe sur mes traits, et pourtant je n'arrive pas à arrêter ce battement de paupières qui fait que je regarde en biais, du coin de l'œil. Il me semble que tout le monde m'épie, me surveille ; il me semble que les conversations n'ont trait qu'à moi seul, qu'on chuchote sur mon passage, qu'on me désigne et se poussant le coude. Évidemment, tout cela n'est qu'une illusion; mais sur le moment, je ne me dis pas que c'est une illusion, je ne suis pas assez de sang-froid pour cela. Le parapet finit à quelques mètres de l'endroit où je suis; il est surchargé de monde jusqu'à son extrémité; après, la jetée est noire et sans personne. Je marche d'un pas plus nerveux, je guette plus attentivement les ombres.

L'orchestre s'arrête. Dans l'espèce de silence qui suit, il me semble que mes pas font un bruit énorme. La pause est de courte durée : l'orchestre reprend, pour jouer *Sobre las Olas*. En même temps qu'il attaque les premières mesures, j'aperçois parmi les ombres le petit éventail de Marie, et j'entends son rire, son rire frais que je reconnaîtrais entre tous.

Un autre irait tout naturellement à elle, la saluerait, lui parlerait de son retour: moi, je continue de marcher, comme si je ne l'avais pas vue. Ce n'est que quand je la sens près de moi, près à me toucher, que je me tourne brusquement vers elle et que je lui dis, sans trop savoir comment, poussé par l'espèce de sursaut nerveux qui me met sous le bras mon chapeau et ma canne : « Tiens! » un « Tiens » qui signifie que je suis étonné de la trouver là. Car je n'ose pas lui dire que je la savais de retour, j'ose encore moins lui avouer que je ne suis sorti que pour elle, que je ne cherchais qu'elle, que je frissonnais à chaque ombre que je prenais pour elle.

— Quelle surprise! Je vous croyais loin du pays basque! Quand êtes-vous arrivée, et comment, pour que je ne l'aie pas su, car tout se sait ici ?

Le petit éventail se ferme, s'arrête, tourne entre les doigts de Marie.

— Mais hier. Nous sommes arrivés hier. Moi non plus, je ne m'attendais pas à vous voir maintenant. Mais vous ne connaissez pas mes amies. Je vais vous présenter : Madeleine de Lacombe, Marguerite Duvernois, Camille Banvilliers, dit-elle, en tapant de son éventail sur un groupe de silhouettes, jeunes filles ou jeunes femmes assises sur le parapet, qui parlent avec animation. Je m'incline. Le babillage cesse, reprend, et nous laisse, Marie et moi, causer seuls. Je vois mal ses traits; mais je distingue ses cheveux, qui lui mettent autour de la tête comme une lueur. Elle a un vêtement blanc, une jaquette de piqué ouverte sur une chemisette de mousseline, que couvre presque en entier une énorme touffe d'héliotrope.

— Je suis content d'être près de vous, lui dis-je, avec une assurance qui me vient de ce que la nuit nous empêche de nous voir.

— Moi aussi, me répond-elle lentement.

Est-ce vrai? Est-elle heureuse de me revoir? Je voudrais une certitude. Mais pour *savoir*, il faut l'interroger ; et l'interroger, insister là-dessus, c'est lui faire comprendre que je l'aime, c'est presque lui avouer... Minute de l'aveu que j'envie et que je redoute !

Tournant, comme toujours, autour de la question, je lui dis :

— Je n'aperçois pas votre sœur... J'espère avoir le plaisir de la saluer ce soir.

— Non, pas ce soir. Elle ne sortira pas. Elle est occupée à défaire les malles, à installer la maison.

— Ainsi, c'est toujours elle qui travaille ! A elle les malles, les installations ; à vous les promenades. Avouez que vous ne pratiquez guère l'égalité dans le travail.

— Soit, mais ne la plaignez pas trop. Si elle s'occupe tant de la maison, c'est qu'elle le veut bien. D'ailleurs, elle ne fait que suivre son inclination, qui la pousse à se consacrer au logis.

— Ce que vous me dites ne m'étonne pas. Je m'en doutais; son amour du silence, sa modestie, le soin qu'elle met à vivre le plus possible à l'écart du monde, tout cela la désigne pour le rôle paisible de gardienne du foyer. Si je voulais exprimer par un dessin l'idée que je me fais de votre sœur, je la représenterais derrière une fenêtre, la tête penchée sur un travail de tapisserie. Enfin, vous voudrez bien, d'abord, lui faire mes amitiés, ensuite lui dire que je serai heureux de la revoir. Vous voudrez bien aussi présenter mes hommages à M. Villiers, dont j'ai eu des nouvelles par un de ses amis.

— Marthe aussi, croyez-le, sera heureuse de vous revoir.

Je ne puis m'empêcher de sourire.

Marie s'en aperçoit.

— Qu'avez-vous à sourire comme cela ?

— Moi, rien... mais rien.

— Si, si, je veux savoir.

— Eh! bien, je souriais de ce que vous venez de dire.

— Qu'ai-je dit ? je ne comprends pas.

— Que votre sœur serait heureuse de me revoir.

— Qu'y a-t-il de drôle à cela ?

— Il y a de drôle que vous avez jeté cette phrase au hasard, comme vous m'avez répondu « moi aussi » tout à l'heure, quand je vous ai exprimé ma joie de votre retour. Ce « moi aussi » me fait penser à ces formules de convention, sans valeur, qui sortent comme automatiquement, aussi neutres que ces coups de chapeau, que ces poignées de mains que l'on distribue à tort à travers.

— Vous vous trompez, du moins en ce qui me concerne. Si je vous ai dit que j'étais contente de vous revoir, c'est que je le pensais.

Elle s'arrête, puis reprend, la voix beaucoup plus basse :

— Et j'ajouterai que depuis l'année dernière j'ai souvent pensé à vous.

Instantanément, à la façon dont elle a baissé la voix, à quelque chose de soudain dans son geste de fermer son éventail, à je ne sais quoi d'inusité qui ne trompe pas, moi qui la connais, je la crois. Et je la crois aussi à cause de son attitude de l'année dernière, si indifférente.

Il me semble que je viens d'atteindre d'un bond la limite de ce que peut être le bonheur. L'instant délicieux se prolonge, peut-être parce que nous ne disons plus rien. Dans notre silence, un même instinct nous avertit que le charme de cette minute est fragile, que le moindre mot pourrait le détruire. La douceur de la nuit enveloppe ce silence. L'ombre a une couleur bleuâtre, presque violette. Les étoiles brillent avec ce chatoiement des boules de cristal qui ornent certains lustres. L'air de l'orchestre arrive à nous en sourdine. Et c'est encore *Sobre las Olas*, la valse lente et triste. Elle est, à mes sensations, un accompagnement si parfait, qu'il me semble qu'elle est jouée tout exprès pour moi.

Soudain, un coup de vent s'élève, fait gémir la mer, éloigne et rapproche tour à tour la musique. Nous sursautons, dérangés dans notre délicieux silence.

— Il est tard, me dit Marie. Il faut que je vous quitte.

— Promettez-moi que je vous verrai demain, et souvent.

— Mais je ne demande pas mieux ! me répond-elle, en me prenant les mains.

Nous partons dans des directions différentes. Et une fois un peu loin l'un de l'autre, instinctivement, nous nous retournons en même temps, pour nous voir encore.

II

Je suis au Casino ce matin dès dix heures. Je sais que Marie a l'habitude de s'arrêter chaque jour un instant avant d'aller à la plage.

Sur la terrasse, assis sous un large parasol de toile, M. Villiers lit attentivement les journaux. Distrait par le bruit de mes pas, il lève la tête, me reconnaît.

— Vous voilà ! s'écrie-t-il, en me tendant les mains. Comment allez-vous ? Je vous savais arrivé, j'ai eu de vos nouvelles hier, aussi ne suis-je pas surpris de vous voir.

Son sourire accueille autant que ses mains tendues. Il y a sur son visage, dans sa voix un air de cordialité et d'honnêteté qui, tout de suite, crée de la sympathie.

— Vous le voyez, nous revenons toujours au pays basque, ajoute-t-il presque aussitôt. Vous aussi ; je constate que vous l'aimez, que vous lui êtes fidèle.

— En effet. Je crois qu'il en est de ce pays comme de certains êtres : quand on l'aime on l'adore.

— Voilà une opinion qui est un peu celle de mes filles.

— Dont je ne vous demande pas de nouvelles, ayant eu le plaisir, hier soir, de présenter mes hommages à Mademoiselle Marie. Elle était avec plusieurs jeunes filles de ses amies. Nous avons causé un instant.

— Je sais. Elle m'a dit cela. Mais, précisément, je crois que la voici ! Ou plutôt, c'est mon autre fille, Marthe.

En effet, Marthe est au bout de la terrasse. Absorbée dans la lecture d'un livre, elle avance sans nous voir, machinalement, à petits pas. Puis, distraite par deux fillettes qui se poursuivent en criant, elle lève la tête, regarde de notre côté, ferme son livre, a l'air d'hésiter et s'en retourne.

— Elle ne nous aura pas reconnus, me dit M. Villiers. Je vais la prévenir que nous sommes là.

Il va à elle, lui parle. Je les vois faire quelques gestes. Je crois qu'ils vont venir. Non. Il accompagne Marthe jusqu'à la porte du Casino, et s'en revient seul.

— Excusez-la, elle va à la maison se reposer, elle a un peu de migraine. Le grand air probablement. C'est souvent ce qui arrive la mer, les premiers jours, fatigue, énerve certaines personnes; moi, elle me fait du bien. Aussi vais-je de ce pas me plonger dans les vagues. Venez-vous?

— Non, hélas! La mer, en tant que bains, ne me vaut rien.

— Dans ce cas, je vous quitte, car l'heure est déjà passée. Il est entendu que nous nous verrons souvent, n'est-ce pas? J'y compte.

Quelle matinée! Il y a de l'allégresse dans l'air. La lumière égaie l'Océan, lui enlève la gravité qui vient de son mystère et de son danger. L'eau est comme le ciel, d'azur; et si légère, si tranquille, si limpide qu'un bateau en face de nous, au milieu de la baie, semble flotter sur un nuage. Les choses comme les êtres goûtent, dirait-on, le plaisir de recevoir la caresse du matin. Des peupliers, dont les pointes aiguës sont imprégnées de lumière, se dressent droits et miroitants. D'énormes rochers qui émergent de l'eau ont l'air d'éléphants parés seux qui seraient venus s'accroupir au soleil.

Ici, dans le Casino et dans le jardin, ce sont les préparatifs de la journée, un garçon défait des piles de chaises; un autre trace, sur le plancher du restaurant, des *huit* d'eau, à l'aide d'un entonnoir qu'il balance en sifflant; au fond du vestibule, l'orchestre répète; les instruments attaquent une valse, hésitent, reprennent et s'arrêtent court à la voix du chef et au tapotement sec de sa baguette sur le pupitre.

Marie sera-t-elle comme hier soir? J'ai peur qu'elle se soit ressaisie.

Un garçon trace des huit *d'eau à l'aide d'un entonnoir.*

J'éprouve le besoin de me remuer, comme si l'action mécanique devait secouer mes doutes. Je vais devant moi, à l'aventure, les mains derrière le dos, m'efforçant de m'intéresser à n'importe quoi, au jardinier qui ratisse, à un enfant qui s'exerce au tir, tâchant de vaincre ou tout au moins de dissimuler mon émotion d'attendre. Je monte l'escalier. Machinalement, je traverse le vestibule, le restaurant où règne une persistant odeur de cigare et de plancher arrosé. Au fond d'un couloir, le concierge, en train d'installer des globes de lampe, m'engage à aller voir les embellissements du salon de lecture. La porte est grande ouverte. J'entre.

Marthe! Elle est là, sur un divan. Elle lit, en face d'une vieille dame qui fait sa correspondance. Je ne sais pourquoi, sa présence ne me surprend pas. Elle me tend la main et me dit, sans autre préambule, comme si nous nous étions quittés la veille :

— Asseyez-vous. Cela vous étonne de me trouver ici?

J'esquisse un geste vague.

— J'étais un peu souffrante, ajoute-t-elle, en cherchant ses mots, comme lorsqu'on se trouble. Je craignais le vent et la lumière de la mer; je suis venue me réfugier ici.

Elle a cet air de mystère que je lui connais, que je lui ai vu si souvent.

— Mais si nous parlions de vous, au lieu de parler de moi? dit-elle sans transition, et sans me donner le temps de lui demander de ses nouvelles.

Puis, souriant, et changeant de ton pour bien me signifier qu'elle veut être obéie :

— Vous souvenez-vous du souhait que j'avais formé pour vous, l'année dernière?

— Oui. Eh! bien?

— Eh! bien, il vous a porté bonheur.

— Comment cela? dis-je, feignant de ne pas comprendre.

Soudain, je me désintéresse de Marthe, de son air de mystère. Ce que je brûle de savoir maintenant, c'est sous quelle forme ce souhait, qui m'est si cher, s'est réalisé. J'ai hâte d'avoir des détails.

— Mais comment m'a-t-il porté bonheur? Comment? Dites. Dites vite.

Et je sens que malgré moi ma voix se fait douce, insinuante, comme lorsqu'on veut obtenir quelque chose.

— Comment? Mais c'est bien simple. Marie vous aime.

Dans la bouche de Marthe, ces trois mots ont pour moi plus de valeur que les paroles de Marie hier soir. Pour qu'elle me parle ainsi, il faut qu'elle ait une preuve, qu'elle possède une certitude. La présence de la vieille dame nous force à parler à voix basse. Cette contrainte m'énerve, je suis impatient d'avoir des détails. J'ai peur tout à coup que Marthe n'ait exagéré. Pour ne pas détruire mon bonheur, élevé en une seconde à la hauteur d'un rêve, je devrais peut-être m'en tenir à ce qu'elle vient de me dire, ne pas chercher à approfondir. Mais mon cœur tremble ; je ne peux pas.

— Elle m'aime? comment le savez-vous?

— Elle me l'a dit.

Et sur le visage de Marthe, de la sérénité descend ; ses yeux brillent de m'avoir apporté la radieuse parole.

— Elle vous l'a dit? Mais quand, comment, sur quel ton?

— Le jour de notre départ, d'abord, dans le kiosque, elle a cru remarquer que vous n'aviez pas osé vous avouer, elle n'attendait que votre premier mot pour vous dire que vous ne lui étiez pas indifférent. A la gare, vous étiez troublé, paraît-il, et elle a bien compris pourquoi.

— Oui, oui, je me souviens, j'ai beaucoup souffert. Mais de quelle façon vous a-t-elle confié cela? Semblait-elle sincère?

— Vous voilà bien ! Les mots ne vous suffisent pas. A force de retourner dans tous les sens les moindres paroles, les moindres gestes, vous finissez par les dénaturer. A force de tout analyser, vous vous torturez.

— Non, non ! Je ne douterai plus, j'aurai foi en ce que vous me direz.

— Ma conviction absolue est que vous l'intéressez. D'ailleurs, ce qu'elle a fait hier soir doit vous rassurer plus que tout.

— Je l'ai vue hier soir. Qu'a-t-elle donc fait? Je ne comprends pas.

— Je sais bien que vous l'avez vue; mais ce que vous ignorez, c'est comment vous vous êtes rencontrés !

— Le hasard, simplement.

— Ah! ah! fait-elle en souriant, c'est ce qui vous trompe.

Et tout à coup, sur son visage, transparaît la joie de dissiper mes doutes, de convertir mon cœur; sur ses lèvres rayonne le sourire de son père, ce sourire si doux et si bon, qui est comme le dessin lumineux de son âme.

— Je comprends de moins en moins. Je tiens d'elle-même qu'elle ne me savait pas à Saint-Jean-de-Luz.

— Elle vous a conté ce qu'il lui a plu. Elle savait très bien que vous étiez arrivé, reprend Marthe avec force; et hier, dans la soirée, elle s'était rendue à la jetée tout exprès pour vous voir.

— Ce n'est pas possible !

— Vous commencez à douter... Votre promesse de me croire, qu'en faites-vous?

— Je vous crois, je vous crois, dis-je dans mon impatience, je vous crois, continuez.

— Eh! bien, jusqu'à ce qu'elle vous eût vu, elle avait décidé de ne sortir que le soir. La pensée de cette première rencontre avec vous la rendait un peu nerveuse; elle s'était dit que, de vous voir dans l'ombre, son émotion serait moindre que de vous rencontrer tout à coup en plein jour.

— Comme moi, alors !

La vieille dame est toujours à sa correspondance. Le petit grincement de sa plume s'arrête et reprend selon que l'inspiration vient ou cesse. Au fond du vestibule, une porte bat avec un bruit sourd ; et selon qu'elle est ouverte ou fermée, on entend ou on cesse d'entendre la musique ânonnante de l'orchestre.

Comme je veux encore questionner Marthe, elle pose un doigt sur ses lèvres avec un air de mystère.

— Soyez heureux, me dit-elle, en souriant du doux et triste sourire de son père. Aimez-la.

Puis se redressant et changeant de ton, sans transition :

— Voulez-vous que nous allions voir si nous l'apercevons? Elle ne peut tarder.

A peine sommes-nous sur la terrasse qu'elle me montre une forme blanche et bleue, immobile, au fond, sous la tente de toile.

— Regardez.

C'est bien elle. Tant mieux. Je préfère la rencontrer tout de suite. Comme cela, je n'aurai pas eu le temps de me dire à chaque pas : je vais peut-être, brusquement, la voir paraître.

La forme bouge. Marie se retourne, nous aperçoit, vient à nous, belle comme le matin qui l'entoure.

— Je vous salue, Marie, lui dis-je en m'inclinant.

Ces mots de la prière à la Vierge me viennent naturellement, parce que je m trouve tout à coup devant la Vierge des images. Marie en a la forme mince, la grâce, le je ne sais quoi de candide dans la beauté. On dirait que c'est d'elle qu'émanent la douceur du matin, la pureté de l'air. Elle a une de ces robes bleues, unies et légères, que l'on voit aux processions autour de la bannière. Une écharpe de mousseline que le vent faible gonfle et dégonfle met autour de sa taille comme une vapeur.

— Où étiez-vous, nous dit-elle? Je t'ai cherchée, Marthe. Il est vrai que l'idée d'entrer au Casino ne m'est pas venue.

Évidemment, elle se demande si Marthe ne m'a pas tout raconté. Elle ne le dit pas; mais cela se voit à son air, à la façon interrogative dont elle nous regarde. Ses yeux vont et viennent, sans oser s'arrêter. Elle abaisse et remonte plusieurs fois sa voilette; son petit éventail, agité nerveusement, fait le bruit tremblé et rapide des ailes de papillons transpercés qui se débattent.

Je suis impatient de l'entendre elle-même me confirmer ce que je tiens de Marthe. Je m'inquiète à l'idée que plus je reculerai le moment, plus il y aura de chances pour qu'elle se ressaisisse. Il faudrait que ce fût tout de suite.

Mais nous ne sommes pas seuls. Marthe est là. Et, un grand moment, nous restons tous trois chargés du silence de notre triple gêne, chacun cherchant quelque chose à dire, et ne trouvant pas. C'est Marthe qui va nous tirer d'embarras :

— Midi! s'écrie-t-elle, l'heure de rentrer. Vous nous avez promis, ajoute-t-elle en se tournant vers moi, de nous montrer de beaux paysages.

— Je ne demande pas mieux que de tenir ma promesse.

— Voyons, à quand cette première promenade? interroge Marthe. Aujourd'hui, non; nous avons des visites.

— Hélas! fait Marie, ennuyée.

— Et demain après-midi?

— Oui, demain après-midi.

— Où nous mènerez-vous, me demande Marie?

— Commençons, si vous voulez, par le plus beau, par Sokori.

— Sokori? Sokori? Mais qu'est-ce?

— Une chapelle délicieuse.

— Et où se trouve-t-elle, cette chapelle délicieuse?

— En haut d'Urrugne.

— Eh! bien, rendez-vous à Urrugne, demain, sur la place, devant l'auberge, à deux heures, voulez-vous?

— Oui.

— A demain, alors, n'oubliez pas.

— N'ayez crainte.

III

Sokori, c'est, en haut d'une colline qui domine le sombre Urrugne, une chapelle entourée d'un jardin où dorment quelques morts, couchés çà et là sous l'herbe épaisse. La colline est seule, au centre d'un cirque gigantesque formé d'un côté par les montagnes, de l'autre par l'océan. De l'orient et, de l'occident, de l'est et de l'ouest, du haut des sommets, du fond des vallées, du large de la mer, Sokori se devine à la ceinture de son petit mur blanc, d'où émerge le panache léger de ses arbres. Et la montagne, et la mer, et tous les accidents géologiques du vaste paysage sont à distance, comme pour mettre, par l'isolement, du respect autour de sa paix recueillie. L'immense rempart des Pyrénées semble sorti de la terre uniquement pour défendre contre toutes les agitations du monde ce champêtre séjour des morts.

. . . .

Marthe, Marie et leur père m'ont devancé. Arrivé au sommet de la côte qui, de Saint-Jean-de-Luz, monte raide jusqu'à l'église d'Urrugne, je les aperçois. Ils sont au milieu de la petite place déserte. La main en visière sur les yeux, Marthe et Marie me regardent, incertaines, et, quand elles m'ont reconnu, me font signe avec leur ombrelle.

— Je n'en puis plus, leur dis-je.

— Nous avons fait la même réflexion tout à l'heure, s'écrie Marthe, et tout le monde, j'imagine, doit se plaindre de cette côte. Elle est courte mais raide, voyez donc.

Nous considérons la route, sa déclivité qui commence à l'église pour s'adoucir devant la boutique du chocolatier Lazcano, dont la machine à broyer met dans le grand silence le continuel bruit sourd d'une roue qui tourne.

— Nous cherchons vainement votre Sokori, dit Marie. Où est-ce? l'aperçoit-on d'Urrugne?

— Très bien. Tenez! voyez-vous ce bouquet d'arbres, là, en haut?

— Avec un mur blanc autour?

— C'est Sokori.

— Mais c'est au ciel ! s'exclame-t-elle, en levant les bras. L'ascension doit être fatigante.

— Non, la route est très douce ; et, du reste, c'est beaucoup moins haut qu'on pourrait croire.

— Cependant, dit Marthe, nous ne ferions pas mal, j'imagine, de nous reposer un peu avant de monter. Nous pourrions aller rejoindre papa devant l'auberge de la place, nous asseoir un instant, et partir. Ça va-t-il ?

— Comme il vous plaira.

M. Villiers est assis devant une petite table de marbre.

Marie court gaiement vers son père, assis devant une petite table de marbre sur laquelle sont disposées des tasses. Comme je hâte le pas pour aller vers lui, il se lève, vient à ma rencontre.

— Je crois que je ne vous accompagnerai pas, me dit-il. Ma fille vient de me montrer Sokori : c'est beaucoup trop haut pour moi. Comment y allez-vous ? Je vous engage à vous reposer un instant avant de monter.

Tandis que nous nous serrons la main, Marthe dispose les chaises, arrange les tasses, dans lesquelles fume le chocolat du pays, qui est un mélange de cacao et de cannelle.

Marie contemple l'auberge avec ravissement, ses contrevents de bois massif, sa chaux blanche, sa petite porte basse et vieille surmontée de l'inscription classique : *A la Halte des voyageurs. On sert à boire et à manger.*

Petite, traversée d'un côté par la rue principale qui est la grand'route, coupée de l'autre par le chemin qui mène à Sokori, ses gros pavés veloutés d'herbes rases, la place est le type de la place de village basque. Mais elle est aussi, malgré la note gaie donnée par la chaux blanche aux façades de la mairie et de l'auberge, la plus triste qui soit. D'ailleurs, le vieil Urrugne est triste. Il le doit beaucoup à une grande maison située sur la place, au coin du chemin qui va vers Sokori, et à l'horloge de son église. Carrée, la maison à trois étages de six fenêtres, toujours closes. Son mystère vient de là, de ces fenêtres hermétiques dont les volets, à force d'être restés fermés, continuent la teinte du mur ; et cette teinte ne se peut guère définir : elle est l'effacement, par les pluies et par tous les dommages de la vieillesse, de couleurs qui furent sans doute du vert et du blanc, et qui maintenant ne sont plus qu'une pâle grisaille, sur laquelle tranche çà et là la ride noire d'une lézarde. Si l'on fixe trop les fenêtres, elles finissent par s'animer, par regarder comme semblent regarder les orbites dégarnies des têtes de mort. Et l'on devient inquiet quand l'on se met à penser aux chambres qui sont derrière : agrandies par le silence, elles doivent être imprégnées de l'odeur sourde et humide des greniers ; dans leur pénombre les araignées doivent tendre la broderie fragile de leurs toiles, légers linceuls sous lesquels les chambres abandonnées perdent chaque jour un peu plus de leur vie. Triste maison dont on s'est détourné, comme si le souvenir de quelque crime hantait là-haut les chambres closes ! Jamais, depuis le jour de son abandon, on n'a dû y entrer, car l'herbe de son seuil n'est éclaircie par l'empreinte d'aucun pas. Seule et sévère, elle met du silence sur la petite place. Quel secret garde-t-elle entre ses murs ?

— Eh ! bien, dit Marthe, je crois que si nous voulons monter à Sokori, c'est le moment.

— Une seconde, patiente une seconde ! fait Marie ; le temps de collationner, et je suis à vous.

Elle souffle sur son chocolat et en respire le parfum de toutes la force de ses narines.

— Trois heures ! et il faut que vous soyez à

Saint-Jean-de-Luz un peu avant cinq heures, observe M. Villiers en tirant sa montre. Vous avez tout le temps.

En effet, trois heures sonnent à la terrible horloge. La maison m'attriste et me rend méditatif, mais le son de l'horloge me fait peur. C'est le bruit mat et étouffé d'un marteau heurtant un métal rouillé sur lequel on mettrait tout de suite les mains pour empêcher la résonnance. Les coups sont très espacés, et le battant, avant de frapper le bronze, a un tiraillement pareil à un geignement de respiration pénible. Cela donne l'impression d'un agonisant enfermé dans la tour et à qui l'approche de l'heure arracherait une plainte. Tout le pays d'Urrugne est plein de la désolation funèbre de ces sons; on dirait qu'ils ensevelissent la vie peu à peu, patiemment, sous quelque chose de massif. La voix de l'horloge est comme fatiguée d'être au service du temps, mais sur le cadran décoloré persiste toujours l'avertissement qui porte à réfléchir :

Toutes les heures blessent, la dernière tue.

— Y es-tu, cette fois ? demande Marthe.

— J'y suis; une, deux, fait Marie... partons.

— Ne vous attardez pas trop, recommande M. Villiers, faites en sorte d'être ici un peu avant cinq heures, n'est-ce pas ?

— Nous y serons, nous y serons!

Marie à ma droite, Marthe à ma gauche, nous nous engageons dans la ruelle que borde d'un coté la maison triste, et qui, après, jusqu'à Sokori, est un sentier.

— D'ici, déjà, observe Marthe, Sokori n'a plus l'air si haut. Qu'en penses-tu, Marie ?

— Je pense que ce n'est même pas haut du tout.

— C'est moins qu'une colline, leur dis-je; on y est en un rien de temps. D'ailleurs, ce serait d'un accès cent fois plus difficile, que vous ne regretteriez pas l'ascension.

— Non certes, car, de là-haut, la vue doit être très belle, n'est-ce pas ? me demande Marie.

— Magnifique. Mais ce n'est pas à son panorama que Sokori doit, d'après moi, d'être l'endroit le plus séduisant du pays basque, c'est à la qualité de son silence, au charme poétique fait de ses tombes, de sa chapelle, de son petit mur, de ses herbes, à la paix infinie qui monte de tout cela.

— Ce doit être délicieux, il me tarde d'y être.

— Moi aussi, dit Marthe.

— Oh! tournez-vous, voyez comme c'est beau déjà!

Arrêtés un instant, les coudes sur les hanches, nous regardons. Urrugne s'est tassé; de ses maisons, on ne distingue que les toits. A droite et à gauche, les champs étalent l'infinie variété de leurs verts et de leurs jaunes ; les Pyrénées mettent dans le paysage la majesté de leurs remparts solennels.

— Ne nous attardons pas, fait Marie. En route! Le chemin monte en pente douce, terminé par un lacet, jusqu'à Sokori, dont on voit nettement le bouquet d'arbres et le petit mur. Nous ne parlons plus. Nous pensons à hier et à avant-hier, à ce que nous avons dit, et surtout à ce que nous n'avons pas dit. Entre nous règne une sorte de gêne, faite de l'extrême tension de notre pensée sur le même sujet.

— Je m'arrête pour cueillir des bruyères roses derrière la haie, dit Marthe. Ne vous occupez pas de moi, marchez, je vous rattraperai!

Maintenant que je suis seul avec Marie, il me semble que c'est la première fois que je la vois face à face.

— Était-ce vrai ? lui dis-je, avec la brusquerie excessive des timides qui viennent de se décider.

— Ce que vous a raconté Marthe? Mais oui, fait-elle en souriant, et sans la moindre surprise; j'ai pour vous baucoup de sympathie, et je suis heureuse de vous le dire.

Je crois qu'un coup de couteau ne m'aurait pas fait plus de mal que cette phrase, surtout dite de cette façon, avec ce sourire, cette tranquillité. Ma détresse est d'autant plus grande que je comptais sur une réponse toute en silence, en timidité, en pudeur de se dévêtir le cœur; et c'était bien naturel après l'attitude de Marie l'autre soir.

— C'est tout ? vous ne dites plus rien ? reprend-elle. Allons! parlez-moi de vous, je vous écoute.

— Vous parler de moi? dis-je, d'une voix que je m'efforce de rendre calme. Mais je n'ai rien à vous apprendre, puisque vous avez deviné que je vous aime. Du jour où on aime, on vit comme enfermé en soi; l'amour qu'on a pour quelqu'un n'a pas d'histoire; il n'en a que du jour où l'on sait si l'on est aimé.

— Peut-être! mais racontez-moi comment, pourquoi, depuis quand. Voyons? dites-moi ça ?

— Depuis quand? Je ne sais pas, on ne

sait jamais, peut-être bien depuis les petits gâteaux ! Vous riez, vous ne vous attendiez pas à trouver dans ma confession une histoire de pâtisserie. Et cependant ! un petit fait comme celui-là, un mot, un geste, moins encore, une intonation de voix, il n'en faut pas plus pour faire germer en nous un commencement d'amour. Si je veux être franc tout à fait, je vous dirai que mon plaisir de passer quelques moments avec vous sur la plage s'est terni d'une sensation désagréable quand, un matin, vous avez mangé de ces gâteaux devant un jeune homme à qui vous veniez d'en offrir.

— Et pourquoi donc ?

— Eh ! bien, parce que vous étiez avec cet autre comme avec moi. Vous aviez les mêmes amabilités, les mêmes grâces. Entre lui et moi, vous ne faisiez pas de différence ; j'en éprouvais un peu de jalousie.

— Ah ! par exemple !... s'esclaffe Marie, avec, pourtant, un de ces sursauts que l'on a lorsque quelqu'un, tout à coup, frappe juste, découvre la pensée que l'on croyait bien cachée.

Un instant, le rire l'agite ; puis, redevenue sérieuse, dans un de ces brusques revirements qui lui changent la physionomie et la voix :

— Et après ? fait-elle, sans me dire si je me suis trompé ou non.

— Et après, peu à peu, votre présence m'était devenue nécessaire. Je ne pouvais plus vivre sans vous voir. Un jour, enfin, je vous ai rencontrée, vous sortiez de l'église, j'ai senti que je vous aimais.

— Oui, je me souviens, c'était le soir. Nous sommes restés un instant devant le portail, à causer.

— Ensuite, j'ai souffert de vous aimer sans vous le dire, d'être comme un muet, comme un mendiant qui n'ose tendre la main.

— Pourquoi ?

— Sans le vouloir.

— Je vous avais deviné, allez ! Dans le kiosque, à la gare, j'avais senti que vous vouliez me dire quelque chose, et compris de quoi il s'agissait.

— Et vous ne m'avez rien dit !

— Parce que, moi aussi, j'attendais un mot de vous. J'avais fait tout mon possible pour vous donner du courage, pour vous aider à parler ; mais le mot que j'attendais, vous ne l'avez pas dit.

— Vous m'auriez empêché de souffrir.

— Et vous avez souffert, bien vrai ?

— Si j'ai souffert ! L'autre soir, quand j'ai su que vous étiez de retour, je suis vite sorti, décidé coûte que coûte à vous parler. Car je vous ai menti lorsqu'en vous voyant j'ai fait l'étonné : je savais bien par le journal que vous étiez arrivée ; et depuis un moment je ne cherchais que vous.

Je me tais. J'attends qu'elle me répète ce que m'a raconté Marthe, qu'elle était venue à la jetée, hier, pour me voir. Mais non, pas un mot de cela.

— Voyez ! s'écrie-t-elle, en me montrant des chevaux en liberté qui courent dans un pré, sautent, gambadent, comme pris de folie. Que c'est drôle ! Regardez, regardez ! répète-t-elle, avec ce délire joyeux qui anime sa voix et ses gestes quand du nouveau, la moindre chose, le moindre amusement passent dans sa vie.

Sans nous en douter, nous avons atteint le sommet de la colline. Le petit mur de Sokori n'est qu'à cinq ou six pas. Le chemin s'évase, finit en un plateau d'herbes. Nous sommes tout à coup entourés de ciel et d'immensité. Nous regardons avec du vertige et de l'étonnement. Nous nous taisons. L'exubérance de Marie s'en va, mon désenchantement me quitte, une sensation unique nous étreint, quelque chose de presque religieux pareil à ce saisissement que l'on a en entrant dans certains édifices, dans des églises.

Mais ce qui nous frappe, plus que l'immensité et la forme du paysage, c'est le silence. A mesure que nous montions, il progressait ; ici, il est tel, que le froissement pourtant imperceptible produit par nos vêtements quand l'un de nous remue tant soit peu, frappe mon oreille.

Nos regards vont aux montagnes. A gauche, leurs murailles crénelées finissent en petites collines rondes ; à droite, elles sont coupées par le mont espagnol Jaizquivel, dont un des flancs s'allonge en une pointe aiguë noyée dans une sorte de grand brouillard qui est la mer. En face, la Rhune, penchée à droite, comme prête à s'affaisser, dessine vaguement la forme d'un géant de pierre dont la tête serait recouverte d'un capuchon. A l'est, la Haya semble un catafalque avec ses trois fourches massives et noires.

A nos pieds, au milieu de la vallée, l'église d'Urrugne dépasse lourdement les toits silencieux, tristes de n'exhaler que de rares fumées. Elle est vieille et grise, si grise qu'elle se distingue à peine ; sa tour trapue est plus grise encore, grise du gris brumeux que la pluie met dans l'air; à son faîte, une croix dont les branches sont reliées par des fils la rend presque pareille à un sémaphore.

— Si nous entrions dans le cimetière? propose Marie. J'ai hâte de le voir, ajoute-t-elle, en se dirigeant vers le portail du milieu.

— Non, pas par là, lui dis-je ; cette porte est réservée aux processions.

— Mais il n'y en a pas d'autre.

— Si, si, venez ; vous allez voir.

Elle me suit jusqu'à un petit escalier, devant lequel elle s'arrête, intriguée.

— Et c'est cela, l'entrée ?

— C'est cela même.

— Mais c'est délicieux !

Ravie, elle contemple un instant le petit escalier, pareil à ceux que les navires portent à leurs flancs. Collés au mur, ses cinq degrés de pierre, bordés d'une rampe de fer polie par le frottement, l'escaladent par une brèche; de l'autre côté, à l'intérieur, deux autres degrés, garnis de la même rampe, s'arrêtent à une sorte de palier fait d'une moitié de disque en pierre.

— Attendez, je vais vous aider. Donnez-moi la main.

Marie me tend la main, monte les degrés, franchit le mur.

— Comme il fait bon ! s'écrie-t-elle.

En effet, ce cimetière de Sokoria une vertu singulière.

Dès que l'on y est, c'est, tout de suite, plus de paix dans la paix, plus de silence dans le silence. Son petit mur fait penser à la garde jalouse d'un ami. Il y a cinquante ans environ, on y enterra quelques Basques emportés dans une épidémie. Depuis, on n'a plus touché à sa terre. Il est devenu un lieu de pèlerinage, un jardin déchu fréquenté par des oiseaux, par de rares visiteurs et par les fervents à la Vierge. Autour de la chapelle basse et humble, dont le porche regarde les montagnes et le chœur l'océan, les tombes, une vingtaine,

Je souffre qu'elle ne soit pas enfermée dans la même pensée (p. 42.)

sont plantées au hasard. Quelques-unes s'indiquent par une simple pierre couchée à plat; presque toutes sont une sorte de borne terminée par un rond pareil à une lune; et comme, de loin, la borne dessine vaguement un torse et le rond une tête, on dirait des morts enterrés jusqu'au buste. Dans ce petit cimetière, à la terre maintenant close, le silence, quoique absolu, est adouci par de la sérénité. J'aime à m'imaginer les morts couchés sous ces simples pierres comme moins morts que ceux des cimetières des villes. J'aime à me les représenter, levant, à la nuit, la pierre ridée de leur tombe, pour aller s'accouder au petit mur.

— Je regarde les tombes, me dit Marie.

Elle va de l'une à l'autre, intéressée par la forme singulière des pierres et par les inscriptions aux étranges noms basques.

— Mais vous n'avez pas encore vu la chapelle.

— C'est vrai, c'est vrai. Allons-y !

— Est-elle jolie ?

De profil, elle a l'air d'une ferme. Seule, sa façade, découpée en festons, lui donne un aspect religieux. La Vierge de Sokori, entourée de deux anges, pose sur le faîte : AMA SOCORRICOA OTOITS EGIZU GURETZAT, dit l'inscription qui est au-dessous : *Mère du Secours, priez pour nous.* Et plus bas : MARIA BEKHATURIC GABE CONCEBITUA ORTHOITZ EGUIÇA GURETZAT : *Marie conçue sans péché, priez pour nous.* Mais l'étrangeté charmante de la chapelle, c'est le porche, ouvert en ogive, sans piliers, comme un tunnel, blanchi à la chaux, entouré d'un banc taillé très bas dans le mur, percé d'une porte donnant accès dans la chapelle et de deux fenêtres permettant de voir à l'intérieur, l'officiant.

— Ah! qu'elle est jolie! s'écrie Marie, extasiée. Si elle était à moi ! Je ne la quitterais pas. Voyez!... mais regardez donc l'entrée, et la Vierge, et les anges... Ah ! la jolie chapelle! Regardez!

Son enthousiasme m'est désagréable. Je pense à ce que nous avons dit tout à l'heure. Cela m'empêche de m'intéresser à autre chose. Je souffre qu'elle ne soit pas enfermée uniquement dans la même pensée. Je la sens loin de moi ; chaque mot qui sort de sa bouche rieuse accentue davantage l'écart entre nous.

— Il faut entrer sous le porche, lui dis-je, pour me rapprocher d'elle. Venez.

Marie entre, tourne la tête, à droite, à gauche :

— Comme il fait blanc ici ! s'écrie-t-elle.

En effet, la chaux dégage une lueur blanche et mate, pareille à la réverbération des neiges.

— Mais c'est plein d'inscriptions! ajoute-t-elle, en montant pour mieux voir, sur le banc de pierre.

La chaux en est couverte. Elles s'entre-croisent, au crayon noir, au crayon rouge, au couteau, illustrées de dessins, les unes tracées d'une écriture élégante, les autres en gros caractères hésitants et gauches : *Ma bonne Mère, faites que mon ami se soit embarqué pour le retour, sain et sauf...—Notre-Dame de Sokori, donnez-moi la force de supporter le chagrin que j'ai.*

— Mais toutes parlent d'amour, dit Marie, qui, grimpée sur le banc, les mains dans les poches de sa jaquette, les yeux contre le mur, déchiffre les inscriptions, les épelle.

C'est que tout porte à s'aimer, ici : le silence, la situation de Sokori, aérien, en quelque sorte, détaché de tout, comme un bosquet en plein ciel. Les amoureux doivent instinctivement venir à cette chapelle, qui a quelque chose d'un visage discret; et les baisers doivent avoir une saveur particulière aux pieds de cette Vierge dont le sourire pardonne.

— Asseyez-vous, lui dis-je.

Elle me tend la main pour que je l'aide à descendre :

— Oui, mais attendez ; je finis de lire cette inscription : *O Bonne Mère, j'ai peur qu'il ne m'aime plus.*

Sa main dans la mienne, Marie épelle lentement, syllabe par syllabe. Les yeux tournés vers le mur, elle ne me voit pas. J'aurais envie de baiser ses doigts, que je tiens, son bras, sa nuque, ses cheveux; j'aurais envie de la serrer contre moi.

— Maintenant que j'ai lu, asseyons-nous : une, deux, houp !...

Elle saute, s'assied à côté de moi, sur le petit banc posé si bas qu'on est presque par terre.

Nous sommes l'un près de l'autre, seuls sous cette voûte basse. Marie va retirer sa main de la mienne. Je sens déjà ses doigts glisser, comme s'ils fondaient.

— Laissez, lui dis-je.

Elle sourit, et, sans un mot, reglisse ses doigts sous les miens. Je les sens rentrer de nouveau, s'allonger. Doucement, doucement, la petite main emplit ma main ; elle remue, s'enfle, il me semble que je tiens un oiseau.

— Parlez-moi, me dit-elle.

— Je vous aime.

Elle sourit, et, cette fois, du plaisir de deviner à mon accent toute mon adoration.

Ce porche est aussi secret qu'une alcôve. La voix s'y éteint comme en une chambre capitonnée.

— Et vous, lui dis-je, Marie, et vous, ne m'aimez-vous pas ?

Elle incline plusieurs fois la tête et prononce doucement :

— Comment vous écouterais-je s'il en était autrement !

Chapelle enchantée! il fallait votre atmosphère, votre douce et tendre influence, pour inspirer à Marie ce mot que j'attendais ! Le silence qui suit est pour moi tout bourdonnant de bonheur. Mais mon cœur d'amoureux est si avide de triomphes que ce premier avantage ne me suffit pas, et que je m'assombris déjà en pensant à la fragilité de cet amour chez elle. Je me sens envahi d'une inquiétude extrême à l'idée qu'un jour elle pourrait se détacher de moi. Je lui dis, comme si sa réponse pouvait assurer l'avenir :

— M'aimerez-vous longtemps ?

— Toujours! fait-elle en baissant la tête. Mais pourquoi êtes-vous inquiet ? Car vous êtes tout dans cette question : « M'aimerez-vous longtemps ? » Vous vous gâtez à plaisir les minutes qui passent pour ne penser qu'à celles d'après, comme si le présent était négligeable. Est-ce que je vous pose cette question, moi ? Est-ce que je m'en torture ?

Je me retiens pour ne pas lui dire que je souffre qu'elle ne me la pose pas. Je voudrais qu'elle eût, comme moi, la peur de n'être pas aimée, qu'elle vécut dans la crainte de me perdre ; je voudrais qu'elle éprouvât tout ce que j'éprouve.

— C'est qu'il me semble, lui dis-je, que

j'assiste d'avance à l'agonie de votre amour. J'imagine la scène : nous sommes ensemble et seuls, comme aujourd'hui, vous avez pour moi les mêmes paroles que vous venez d'avoir ; mais vos yeux n'ont pas l'accent de vos paroles; et dans votre voix il y a de la lassitude, la fatigue de feindre, et vous me mentez par pitié, pour m'habituer peu à peu à ma souffrance.

— Mais vous êtes fou, me dit-elle tristement, vous êtes fou !

Je suis sincère; puis, j'éprouve le besoin de me plaindre violemment, de façon à la forcer, par l'excès de mes paroles, à protester, à me rassurer.

— Oui, dis-je, je sais qu'un jour viendra où vous ne m'aimerez plus.

— Laissez-moi !

Sa voix est tout à coup changée. Je sens la petite main s'en aller, mais je la serre fortement et je la garde. Une grande tendresse m'envahit. Je m'en veux de mes raisonnements. J'ai du remords. Je lui dis :

— Sentez-vous, au moins, que vous pourrez m'aimer longtemps ?

— Oui, mais soyez plus raisonnable. Pourquoi vous désoler, pourquoi vous faire ainsi du mal à vous-même ?

Un grand silence s'est établi sous le porche. J'ai la sensation que tout le pays d'alentour est désert. Pour arranger son chapeau, Marie sort sa main de la mienne ; puis, son chapeau arrangé, elle me la redonne aussitôt, sans que je la lui ai demandée.

Nous ne parlons ni l'un ni l'autre. Un mince fragment de pierre tombe, à côté de moi, dans un bénitier. Creusé dans la pierre, le bénitier, bas et profond comme une niche, n'a plus d'eau. Ses parois sont recouvertes d'une matière verdâtre et luisante qui a la teinte patinée du vieux bronze. De cette conque, vide depuis longtemps, vient un peu la tristesse qu'exhalent les fontaines taries.

— Il faudrait pourtant songer à partir et à chercher Marthe, me dit Marie au bout d'un moment. Quelle heure est-il ?

— Quatre heures et demie.

— C'est le moment. Allons.

— Voici votre sœur.

— Où donc ?

— Tenez !

Et j'indique à Marie le portail central, derrière lequel on aperçoit Marthe.

Le petit escalier franchi, Marthe s'annonce à sa sœur en sifflant.

— Eh ! bien, tes fleurs ?

— Les voici. Une vraie moisson. Descendons-nous ?

— En avant, fait Marie.

Les deux sœurs marchent en se tenant par le bras. Marthe parle peu. Marie ne s'arrête pas.

— Comment nous habillerons-nous demain ?

— Demain ?... mais qu'y a-t-il ? répond Marthe, étonnée.

— Le bal du Casino. C'est le premier. On ne peut guère ne pas y aller. Je pense à une chose : pourquoi ne mettrions nous pas notre robe blanche, qu'en dis-tu ?

Marthe est dans les nuages.

— Notre robe blanche ? Comme tu voudras.

— Ça n'a pas l'air de te plaire ?

— Mais si, tu as raison, ce sera très bien.

— La robe blanche, fait Marie, en scandant les mots ; ce sera parfait, avec nos mantilles.

Puis, tout à coup, se tournant vers moi :

— Ah ! je me demandais où vous étiez passé. Venez donc, monsieur l'isolé. Nous combinons notre toilette. Car je dois vous dire que demain il y a bal au Casino, et j'ajoute que nous espérons vous y voir.

Elle est dans son élément. Il y a, dans sa volubilité à dire ces choses futiles, la détente de laisser les propos de tout à l'heure, d'échapper à leur contrainte. Cela, hélas ! ne m'échappe pas. S'arrêtant tout à coup, elle dit encore :

— Oui, mais je parle sans trop savoir si l'on ira en toilette de bal ou en robe de ville. Il faudrait se renseigner.

— Oui, oui ! fait Marthe. Mais dépêchons-nous, voici la pluie.

Quelques gouttes commencent à tomber. Elles font, en touchant le sol, un petit bruit étouffé et rapide, pareil au piétinement accéléré d'un troupeau.

— Ce ne sera rien.

— En effet, les gouttes s'espacent, cessent. Encore quelques maisons, et nous serons à Urrugne.

— Dépêchons-nous, dit encore Marthe. Papa pourrait être inquiet. Ah ! le voici !

Nous arrivons au moment de la sortie de l'école. Elle met une petite fièvre sur la place; elle l'anime un peu, mais si peu ! Presque tous coiffés d'un béret, les enfants, la blouse barrée de la courroie d'un sac, égaient l'atmosphère de leurs amusements.

Mais leurs cris détonent sur cette place, comme ils détoneraient en un cimetière. Les uns s'essaient à la pelote contre la partie de mur au-dessus des arcades de la mairie ; les autres jouent aux billes ; beaucoup se contentent de regarder, les mains dans les poches. Et la grande maison, avec ses fenêtres closes, fait penser à un visage de vieillard que la gaieté des petits ne parviendrait pas à dérider. Cette animation légère ne dure qu'une minute. Les enfants ne jouent qu'en passant. La courte récréation est finie, la journée est terminée. Les taches vertes que l'herbe fait sur le sol semblent s'agrandir à mesure que la place se vide. Un enfant, un seul, s'attarde à jouer ; il lance et rattrape la balle, qui fait, en touchant le mur, un petit bruit sec. Il n'y a plus que lui. Tout à coup, il s'aperçoit qu'il est seul, ramasse vite sa pelote, disparaît à son tour. Alors, la place retombe à sa torpeur. Il ne reste de vivant qu'un visage derrière une fenêtre et un chat qui erre sur la place d'un air méditatif.

IV

— Enfin !

Et Marie part d'un grand éclat de rire.

Depuis un moment, je la cherche sur la terrasse du Casino, je suis passé à côté d'elle plusieurs fois sans la voir, et elle s'amusait à me regarder. De là cette exclamation quand je la découvre.

— Elle est sans pitié, me dit en riant M. Villiers.

— C'était si drôle ! fait Marie.

— Et ce qu'il y a de plus drôle, ajoute Marthe, mais avec une sorte de lassitude triste qui ne va pas avec le mot « drôle », c'est qu'un moment vous vous êtes arrêté à deux pas de nous.

— Asseyez-vous, asseyez-vous, fait Marie en se levant pour aller me chercher une chaise ; là, comme cela, à côté de moi.

Ce soir elle est d'une gaieté exubérante. Le petit éventail ne cesse de s'ouvrir, de se fermer ; elle a l'air disposée à n'avoir de prévenances que pour moi ; j'ai vu cela tout de suite à son accueil. Et c'est pourquoi, sans doute, je n'éprouve pas autant qu'hier le besoin de lui faire la cour.

— Le bal s'annonce assez brillant, dit Marthe, vague, et parfaitement détachée de tout ce qui se passe autour d'elle.

Par les baies grandes ouvertes de la salle des fêtes arrivent une clarté vive, des sons d'instruments qui s'accordent et des bruits de chaises que l'on range. Sur la terrasse, autour des tables, ce ne sont que conversations bruyantes, rires, froufrous soyeux de jupes. Les arrivants tournent la tête à droite, à gauche, cherchent dans les groupes des figures connues. A je ne sais quoi, aux façons de s'aborder, à une certaine hésitation en entrant dans la lumière, on sent que c'est la première réunion de l'été.

— Si nous avancions ? nous dit Marie. C'est le moment, le bal va commencer. Viens-tu, papa ? et toi, Marthe ? et vous, monsieur ? fait-elle en s'inclinant très bas, par plaisanterie.

La salle, violemment éclairée, est pleine de monde. L'orchestre s'accorde ; les instruments font une rumeur criarde que domine le trille rapide et velouté d'une clarinette, l'ensemble désordonné des sons donne cette excitation de l'attente qui précède les levers de rideaux, les ouvertures de bal. Nous nous frayons un chemin, à travers les chaises et les gens, jusqu'à un petit coin formé par la tenture d'une fenêtre et l'estrade des musiciens. Marie est contente d'avoir trouvé cet endroit.

— N'est-ce pas qu'on est bien ici ? dit-elle. Marthe, mets-toi à côté de moi. Approche-toi, plus près, plus près encore. A qui fais-tu bonjour, papa ?

— A M. de Mareuilles. Le vois-tu, là-bas, en face de nous ? Il me fait signe d'aller le rejoindre. Mais je ne peux pas vous laisser seules. Puis, il y a trop de monde maintenant pour traverser la salle. Nous sommes prisonniers.

— C'est vrai, c'est vrai, fait Marie amusée.

Le chef d'orchestre frappe sur le pupitre trois coups de sa baguette. Un silence ; et les instruments attaquent une valse où revient sans cesse le gazouillement d'une flûte. Un couple se hasarde sur le grand carré vide de la salle, puis deux, puis d'autres ; bientôt, le parquet disparaît sous les danseurs, les robes tournoyantes font une houle de reflets.

Marie regarde le bal. La gaieté de son visage accentue davantage la physionomie sérieuse de Marthe. M. Villiers est debout. Sa lorgnette en main, il nous tourne le dos, observe les danses. Marie en profite pour se pencher vers moi.

— Vous croirez tout ce que je vous dirai ce soir ?

— Peut-être.

Elle se tait, car son père vient de se rasseoir; mais je devine à ses yeux qu'elle a envie d'ajouter quelque chose. En effet, elle se renverse un peu, se cache la figure derrière son éventail, puis me dit, avec les lèvres, avec les lèvres seulement, sans la voix :

— Je vous aime.

Ces mots, prononcés comme cela, de cette façon muette, dessinés seulement par les lèvres, ont sur moi ce pouvoir profond qu'ont les actes et les paroles entourés d'un peu de secret.

L'orchestre exécute *Sobre las Olas*, la valse sifflotée cette année par tous les gamins de Saint-Jean-de-Luz, jouée par tous les accordéons, par tous les pianos. Malgré tout, elle m'émeut, parce que pour moi elle est Marie, elle est associée dans ma mémoire à presque tous les instants passés avec elle. La musique imprime à tous les gestes, à tous les mouvements, la grâce de son rythme; et la cadence en est tellement berceuse que ceux qui ne dansent pas ne peuvent s'empêcher de balancer la tête. Par les fenêtres donnant sur la rue arrive du vent chaud ; et les promeneurs qui se sont arrêtés pour regarder le bal se devinent à un murmure de voix. On entend aussi, venant d'une boulangerie voisine, ces espèces de plaintes sauvages que poussent les boulangers en préparant le pain, et le bruit flasque et lourd de la pâte jetée avec force dans le coffre à pétrir.

Marie voudrait me parler; mais ce n'est pas possible, son père est toujours là. Elle me fait comprendre qu'elle est agacée, qu'elle est impatiente. Elle n'a pas besoin de me le faire comprendre, je n'ai qu'à regarder le petit éventail : il s'ouvre, se ferme, tremble, ne s'arrête pas, évente tout de travers. Comment être un peu seuls ? Je fais l'espèce de moue qui signifie : « Je ne sais pas ». Tout à coup, Marie me regarde, se frappe le front, comme lorsqu'on a une idée lumineuse, puis se tourne vers sa sœur :

— Marthe ?

— Que veux-tu ?

— Je pense à la vieille lady Grey. Nous la négligeons trop; tu ne ferais pas mal d'aller jusqu'à elle et de l'emmener près de nous. Elle ne demandera pas mieux que de venir, qu'en dis-tu ? Elle est là, à quelques chaises plus loin.

Docile, Marthe va vers l'Anglaise. nous la ramène, puis me présente. M. Villiers qui a beaucoup d'amitié pour elle, lui confie ses filles.

— Je reviens dans un instant, je vais voir mon ami de Mareuilles.

Est-ce hasard, est-ce pour nous servir ? Marthe installe la vieille lady à sa droite, de telle façon que Marie et moi sommes un peu à l'écart ; puis, tout de suite, elle lui raconte je ne sais quoi, et l'intéresse au point qu'elle ne fait presque pas attention à nous.

Alors, vite, vite, parce que les minutes nous sont comptées, Marie me dit à mi-voix :

— Vous avez compris tout à l'heure ce que je vous disais ?

— Oui.

— Et cela vous a fait plaisir ?

Mais la vieille lady nous donne une

Le petit éventail s'ouvre, se ferme, tremble, ne s'arrête pas, évente tout de travers.

alerte : elle fait mine de vouloir causer avec nous. Marie a un mouvement d'impatience.

— Ah! ce n'est pas Sokori! soupire-t-elle.

Je ne réponds rien, je fais : « Ah! » en levant les yeux et en ouvrant les bras, comme lorsqu'on pense à quelque chose que l'on désire ou que l'on regrette. Mais je me dis que si nous pouvions nous parler à l'aise, être seuls partout, nous n'aimerions pas tant Sokori; je me dis que si notre cœur bat plus vite quand nous pensons à la petite chapelle blanche, c'est qu'à nos yeux elle a déjà ce prestige du lieu choisi où l'on va presque en se cachant.

Marthe cause avec animation, Marie en profite :

— Ce n'est pas Sokori ! répète-t-elle, puis d'ailleurs, à quoi bon !

Quelque chose vient de s'éteindre sur son visage. Son front est triste tout à coup. Je lui prends la main, malgré lady Grey, malgré le monde qui pourrait nous voir :

— A quoi bon ?... que voulez-vous dire ?

— Rien...

Et elle a un petit geste d'inquiétude.

— Qu'y a-t-il, Marie, répondez ?

— Il y a que je pense à l'été qui va finir ; il faudra s'en aller, nous séparer.

— Mais non, Marie.

Je profite de sa question pour lui dire ce que je n'aurais jamais osé lui confier moi-même, sans avoir été mis sur la voie :

— Mais nous ne nous quitterons jamais !

Et j'ajoute vite, vite, vite, parce que j'ai peur de perdre tout à coup ma belle assurance :

— Nous avons le même âge, des situations égales. Alors... à moins que vous ne vouliez pas ?...

La réponse est dans le petit éventail, qui se met à battre très fort. Malheureusement, voilà du monde ; il faut prendre un air indifférent. Il a été court, notre dialogue. Mais qu'importe ! je trouve que les choses comme celle-ci ont une saveur particulière, dites à moitié, chuchotées entre deux alertes, derrière un éventail.

La valse *Sobre las Olas* continue de câliner les couples. Elle a des arrêts subits, qui sont comme des silences timides. Elle se réveille, se fait bruyante, accélère les mouvements des danseurs, puis retombe à un gazouillis de violon, si doux, si léger, qu'il semble lointain. Et c'est la phrase la plus dansante ; elle a quelque chose de vieillot, la douceur berceuse d'une chanson d'autrefois, une tristesse plaintive, inspirée, semble-t-il, par quelque regret tendre ; elle revient ainsi en ritournelle soupirée par l'orchestre, et si lente que le tournoiement des valseurs a la mollesse d'un remous.

A un arrêt qui se prolonge pour organiser le cotillon, Marie fait signe à une de ses amies, de l'autre côté de la salle, de profiter de l'instant où le parquet est libre pour le traverser et venir la trouver.

— Ce sont des jeunes filles de chez nous, me dit-elle. Vous allez voir comme elles sont gentilles.

Elle les appelle d'un geste de son éventail, leur sourit, leur montre des places libres autour de nous.

— Nous venons, font les autres.

Et elles accourent, se serrent les mains. Marie leur offre des chaises, me présente.

Pourquoi les a-t-elle appelées ? Quel besoin a-t-elle de causer, de rire ? Le meilleur de mes amis me serait insupportable maintenant. Elle bavarde, elle est heureuse. Dans ses yeux, sur ses lèvres, il n'y a que de l'insouciance, du contentement, de la joie. Elle est au milieu de ses amies, elle est la plus gaie, c'est elle qui anime la conversation. Son rire gagne les autres. Elle parle, elle ouvre son petit éventail, le ferme, en tapote les épaules de ses amies. Il va, vient, entre ses doigts, comme une baguette rythmant sa faconde. Ses amies l'écoutent, n'ont d'yeux que pour Marie ; elles subissent le triple charme de sa gaieté, de sa beauté, de sa jeunesse.

La conversation se prolonge. Chaque mot m'agace. Le cercle de jeunes filles se resserre autour de Marie. Comment ne devine-t-elle pas mon impatience ? J'en veux à ces jeunes filles de ne pas s'en aller. J'éprouve du soulagement quand on prépare le cotillon, je pense qu'elles vont danser. Non. Pas une ne bouge. Alors mon exaspération devient telle qu'il faut que je me retienne pour ne pas supplier Marie de les renvoyer. Tout en causant, elle me regarde, mais d'un regard rieur, comme si je participais à la gaieté de cette causerie. Les couples sont en place, les amies de Marie ont refusé aux jeunes gens qui venaient s'offrir comme cavaliers ; leur babillage les occupe trop. Allons ! en voilà pour des heures. Elles ne partiront pas avant la fin du cotillon. Et M. Villiers vient d'arriver. Les jeunes filles lui font une place. Cela m'affole de penser que ce soir je vais peut-être quitter Marie sur un mot banal. Avec tout ce monde, comment lui dire que je voudrais la voir demain ?

Il ne me reste qu'un moyen : lui écrire, et, vite, lui passer ma lettre. Je profite de l'arrivée de nouvelles jeunes filles dans le groupe pour quitter la salle de bal et gagner le salon de lecture.

La porte capitonnée retombe derrière moi. J'ai tout de suite une impression de calme. Ici, les bruits du bal arrivent amortis, il règne un silence de salle d'étude. Les flammes du gaz ont un gazouillis qui endort un peu. Sur les tables traînent des journaux dépliés, des livres en piles, défaits, toutes sortes de papiers mêlés, dans ce désordre des salons de lecture quand la journée est terminée. D'un cendrier, un bout de cigarette achève d'exhaler sa fumée, qui monte droit. Il n'y a personne.

Devant ma feuille, j'ai la sensation d'être près de Marie. Vais-je lui écrire une lettre ou un billet? J'hésite un moment, et je me décide pour un billet, que je griffonne en hâte :

« Comment n'en voudrais-je pas à vos « amies qui nous ont interrompus si mal à « propos? Je voulais vous demander quelque « chose ce soir, mais c'était impossible avec « tout ce monde. Alors je me suis réfugié « ici pour vous écrire. Vous allez peut-être « trouver fou ce que je sollicite de votre « bonté. C'est un après-midi, ou quelques « heures, que je voudrais passer près de « vous, à Sokori, que vous aimez et que « j'aime; nous nous trouverions demain, à « deux heures, là-bas, au pied du petit esca- « lier de pierre. Si c'est non, la réponse, « pardonnez-moi, Marie, de vous avoir « demandé cela. Le plaisir que j'éprouve à « la pensée d'être près de vous et le désir de « vous parler sont l'excuse de mon audace. »

Je cherche à deviner le mouvement qu'elle aura en lisant mon billet. Sera-t-elle surprise, froissée? C'est peut-être une maladresse de ma part, ce rendez-vous demandé, et là-bas, et seuls tous deux! Tant pis, je relis mon papier, je le mets sous enveloppe, je le lui donnerai tout à l'heure.

Je sors.

Elle est sur la terrasse, entourée du cercle de ses amies; elle me fait signe avec son éventail.

— Où étiez-vous donc? Vous avez disparu sans crier gare!

— C'est vrai, ajoute son père, votre départ subit a intrigué ces jeunes filles; elles vous ont cherché.

Tandis que je m'assieds à côté de Marie, je profite d'un moment où M. Villiers allume un cigare pour lui montrer ma lettre.

D'un clignotement de l'œil, elle me fait comprendre d'attendre pour la lui remettre.

— Oui, oui, toutes nous vous cherchions.

La curiosité de savoir ce que contient ma lettre l'excite. Elle cause avec animation, rit avec plus d'éclat. Le petit éventail s'ouvre et se ferme.

— C'est curieux, dit-elle brusquement à son père, la couleur que prennent le soir ces hortensias, là, derrière toi. Vois donc.

Et tandis que M. Villiers se tourne, assujettit son lorgnon, regarde, Marie, d'un signe, me demande la lettre, jette comme par mégarde un peu de sa sortie de bal sur mes genoux, établissant ainsi une sorte de paravent entre elle et moi, puis prend vite mon papier et referme son manteau.

— N'est-ce pas, fait-elle à son père, qu'ils sont étranges avec l'éclairage électrique?

D'un mouvement qui ne peut être vu que de moi, elle glisse ma lettre dans sa poche; quand elle retire le pan du manteau, mon papier est escamoté. Marthe, pour faire semblant de n'avoir pas vu, cause avec une jeune femme.

— Je reviens, dit Marie, en se levant tout à coup. Je vais chercher mon carnet de bal, que j'ai dû laisser au vestiaire.

Et comme Marthe lui offre d'y aller, d'un petit signe Marie dit non et me fait comprendre par un geste qu'elle va lire ma lettre.

J'ai de l'anxiété. Si elle allait m'en vouloir! Je ne sais ce qui me retient de lui courir après pour lui réclamer mon enveloppe. Je cause, je ris, afin de dissimuler le tremblement de mes nerfs. Mais elle revient vite, s'assied, regarde autour d'elle, me fait oui du coin de l'œil et, sans en avoir l'air, lève trois doigts : « A trois heures »,

Plaisir incomparable, et que je ne retrouverai peut-être jamais plus, que celui de ce petit signe, mais mêlé à la frayeur de penser avec quelle facilité Marie a accepté, et quelle ruse, quelle habileté elle a employées pour occuper son père pendant que je lui donnais mon billet!

V

Aujourd'hui, l'été fait sentir la double puissance de sa lumière et de sa chaleur. Du feu vibre dans l'espace. Urrugne est désert. La route est d'une blancheur qui fascine. Les volets de toutes les maisons sont clos, les façades sont muettes, mais elles n'ont pas l'aspect mort et scellé de la grande maison de la place : on sent que leur vie n'est qu'arrêtée par la sieste qui, à cette heure accablante, anéantit les habitants. Cerné par le silence, la chaleur et la lumière, Sokori est aussi désirable qu'une oasis.

Je gravis le petit escalier. Les hauts feuillages des arbres font une ombre trouée de ronds de lumière, pareille à celle que ferait une toile déchirée çà et là. Une femme est agenouillée devant la chapelle. Tournée vers l'autel, les mains jointes, une grande cape noire autour de la tête, elle prie. Dans le silence, cette prière, murmurée sourdement, sans inflexion, a quelque chose du bourdonnement d'une guêpe.

Je tire ma montre. Dans dix minutes, il

Une femme s'avance vêtue de blanc, gantée de blanc... C'est Marie.

sera trois heures. Ainsi, bientôt, Marie sera ici. Désert est le chemin de Sokori, dont les lacets vont à la grande route comme le ruisseau va au fleuve ; désertes les campagness dont les prairies mettent la gaieté de leurs couleurs autour du vieil Urrugne.

Du côté opposé au versant que j'observe, là où commence la déclivité, une femme s'avance vêtue de blanc, gantée de blanc,

le cercle d'une ombrelle blanche bougeant derrière ses cheveux. Ce ne peut être Marie. Elle ne serait pas venue par là. De ce côté, la distance de Saint-Jean-de-Luz à Sokori est considérable : il faut traverser toute une région de bois, passer par beaucoup de sentiers, les suivre jusqu'à la mer, prendre au fort de Socoa la route difficile des falaises. La femme approche, s'arrête, agite son ombrelle. Mais si, c'est Marie ! Je saute de mon escalier. Je cours. Arrivé à elle, je me mets à genoux. Une gratitude infinie monte de tout mon être.

— Que vous êtes bonne d'être venue !

La main gauche appuyée à sa hanche, deux doigts de la main droite sur le manche de son ombrelle ouverte, les yeux brillant d'un regard qui est la réponse profonde à l'hommage de ma génuflexion, elle reste muette.

— Je n'en puis plus, dit-elle enfin, en posant la main sur mon épaule. Quel soleil ! Allons à l'ombre.

Ma main à son coude, je l'aide à monter le petit escalier.

— Là, je serai bien, fait-elle, en s'asseyant sur le dernier des cinq degrés intérieurs, les pieds sur le disque de pierre formant palier.

Ses traits se rassérènent, les traces légères de fatigue désertent peu à peu son visage.

— Est-ce bien vous qui êtes là ?

C'est la première parole que je lui adresse. Elle monte impérieuse à mes lèvres parce que le saisissement qui me vient de la présence de Marie en ce lieu secret, de sa venue pour moi seul, domine le tumulte de mes sensations.

— C'est bien moi, fait-elle en souriant, et en m'abandonnant sa main, menue comme une main de fillette.

— Je m'étais assis là, au faîte du petit mur, pour surveiller le chemin qui mène à Urrugne. Quand vous êtes apparue, je ne pouvais croire que c'était vous, je ne m'attendais pas à vous voir arriver de ce côté, je ne comprends pas encore. Comment êtes-vous passée par là ? Quels chemins avez-vous donc pris ?

Elle rit comme une enfant.

— C'est toute une histoire. Je pourrais appeler cette journée la journée de mes mensonges. Car j'ai menti tout le temps — et elle rit de nouveau, telle une petite fille au souvenir d'une espièglerie. — Tout d'abord, à une heure, nous sortions à peine de table, que des gens nous arrivent, avec l'intention de passer la journée à la maison. Vous voyez ça d'ici ! Il m'a fallu, pour les quitter, trouver un motif, un cas de force majeure ; et cela, vite, sans avoir l'air de chercher. Dieu merci, l'inspiration ne m'a pas manqué. Une pauvre vieille de l'hospice, à qui je fais quelque bien, m'a servi de prétexte, et Marthe, qui *savait*, m'a aidée. Elle a fait semblant de me chuchoter quelque chose à l'oreille. Je suis vite allée au portail, comme si quelqu'un me demandait, et je suis arrivée au salon, l'air effaré, annonçant à nos visiteurs qu'il me fallait sortir pour voir ma protégée, très malade. Je m'excuse et je sors, après avoir pris rendez-vous avec Marthe et papa à six heures pour une promenade sur la Nive. Dehors, devant l'église, voilà que je me heurte aux de Mareuilles. Impossible de les éviter. On s'arrête, on me demande où je vais, par ce soleil et à cette heure. Tournant le dos à l'hospice, je ne pouvais plus prétexter la visite à ma bonne femme. Alors, j'explique que je me rends à Ciboure chez des amis. Si les de Mareuilles rencontrent mon père et lui parlent, voyez quel gâchis ! Mais j'arrive au bouquet. Les de Mareuilles quittés — ils allaient en sens opposé, à la gare, — je traverse la place Louis XIV, les allées. Arrivée au pont, j'aperçois, marchant devant moi, une bande de jeunes gens et de jeunes femmes. C'étaient les Villemales. Je ralentis, pensant qu'ils vont tourner à droite, vers Ciboure, et me laisser libre la route d'Urrugne. J'avais compté sans le plus jeune des Villemales. Il se tourne, me regarde, me reconnaît.

— Voilà Marie ! s'écrie-t-il.

Et toute la bande de venir à moi, de m'entourer, de me questionner. J'ai heureusement la présence d'esprit de les laisser parler les premiers.

Marie ne peut continuer son récit. Un rire violent la secoue.

— Quand j'y pense, quand j'y pense... reprend-elle.

Mais le rire l'assaille, la saisit à la gorge, la secoue comme une convulsion, l'enveloppe comme d'une onde. Bien que j'ignore le motif de cette hilarité soudaine, je ris moi aussi, gagné par la contagion.

Un peu calmée, elle continue :

— Savez-vous ce qu'ils me disent ? Je vous le donne en cent ! Ils me demandent si je veux bien les accompagner à Sokori, où ils vont en excursion ! Sokori, m'expliquent-ils, le point de vue le plus admirable du pays ! Sokori, qu'on leur vantait depuis longtemps ! Et les voilà qui commencent à me cribler de questions sur la hauteur, la distance, et tout ce qui s'ensuit. Il fallait les détourner d'aller là.

Le rire monte de plus belle aux lèvres de Marie ; mais elle le réprime.

— Alors, j'ai tout simplement fait un grand geste d'effroi : « Vous pouvez vous vanter de l'avoir échappé belle ! » Eux de se rapprocher, étonnés, et de m'interroger : « Pourquoi ? Pourquoi ? — Mais tout simplement parce qu'en ce moment il y a la fièvre typhoïde dans les fermes qui entourent Sokori. Je le tiens d'un docteur. On n'en parle pas, crainte de faire fuir les étrangers. »

C'est moi, cette fois, qui éclate de rire. Marie éclate à son tour.

— Ce qui me réjouit surtout, dit-elle, c'est de penser à la stupéfaction des Villemales s'ils viennent à apprendre qu'il n'y a pas plus de typhoïde dans la région de Sokori que sur le bout de mon doigt. Mais attendez ! ce n'est pas tout. Les Villemales me remercient comme s'ils me devaient la vie sauve, et, bien entendu, renoncent à Sokori. Je criais en moi-même victoire. Trop tôt, hélas ! Après avoir délibéré un instant, est-ce qu'ils ne décident pas d'aller à la *Croix des Bouquets* ! Or, vous le savez, pour s'y rendre, à cette *Croix des Bouquets*, il faut passer devant Urrugne, suivre par conséquent la route dans laquelle j'allais m'engager. J'étais bloquée, il ne me restait plus qu'un moyen : prendre par le fort de Socoa, les bois, faire le grand tour. Je n'ai pas hésité. Les Villemales voulaient m'emmener avec eux : j'ai prétexté des visites à Ciboure et les ai quittés. Jusqu'à Socoa, tout a bien marché, il n'y avait qu'à suivre la mer. Plus loin, les difficultés ont commencé. Je me suis perdue deux ou trois fois, j'ai dû sauter des fossés, escalader des haies, franchir la petite clôture bordant la voie ferrée, démolir des barrières de bois à l'entrée des fermes, faire taire des chiens. Bref, je croyais que je n'arriverais jamais. Aussi, jugez de ma folle joie quand j'ai vu enfin le petit bouquet d'arbres de Sokori ! Telles sont les péripéties de mon voyage, conclut Marie, en tapotant sa jupe couverte d'herbes, de brindilles, de feuilles, déchirée même un peu dans le bas par une sorte de tige épineuse qui adhère encore à l'étoffe.

— Ne la jetez pas, lui dis-je. Donnez-la-moi; je la garderai comme une relique.

Marie m'apparaît transfigurée, riche de tous ses mensonges, riche de toutes ses fatigues.

— De quel prestige vous êtes parée à mes yeux, d'avoir fait tout cela pour moi !

— J'avais dit que je viendrais. Et je voulais venir, ajoute-t-elle, en me regardant avec une fixité profonde.

La femme à la cape noire a fini sa prière. Elle se lève, arrive, lente et hermétique dans ses plis, l'air monacal avec ses mains croisées sur sa poitrine. Forme dont on ne voit pas le visage, elle passe à côté de nous, sans un mot, sans un geste, et disparaît.

Maintenant que nous sommes seuls, le porche m'attire.

— Si nous allions nous asseoir sur le petit banc de pierre ? dis-je à Marie.

Et je sens ma voix trembler.

De la tête, elle fait oui : et à une légère contraction des paupières, je devine qu'elle subit la même attraction secrète.

Sous le porche, le jour blanc que fait la chaux est adouci par l'ombre des arbres.

— Là, dans le coin, vous serez mieux.

Elle s'assied. Je m'assieds à son côté. Dans ce lieu étroit, bas, muré, entouré d'un jardin désert, je me sens plus près de Marie. Immédiatement, une intimité s'établit entre elle et moi. Une légère rougeur monte à ses joues, la même rougeur qu'elle aurait en entrant avec moi dans une chambre dont la porte se refermerait aussitôt. Le porche est comme une grotte. Derrière la grille des fenêtres, une veilleuse, qui brûle avec un petit éclat de ver luisant, fait briller doucement l'autel. De l'étroit sanctuaire vient un parfum sourd et un peu funèbre de chapelle longtemps close. J'hésite à parler à Marie. Ici, les mots ne me viennent plus. Elle n'ose pas me regarder. Ce porche a la vertu d'une alcôve. Par le silence accumulé sous sa voûte basse, par son exiguïté, par l'aspect clandestin de son ogive, il porte aux rapprochements muets. Les plis de nos vêtements se mêlent. Marie a par deux fois un imperceptible frisson, comme en provoque un chatouillement léger. Cela vient, je le devine, de ses nerfs, qui, comme des pointes aimantées, lui rendent perceptible l'hésitation de ma main, tourmentée par l'envie de prendre la sienne. J'ai l'impression que le silence progresse; il me

semble qu'il entre dans le porche, qu'il l'emplit comme un gaz lourd. Sous l'ogive, un oiseau passe, avec le sifflotement rapide d'une cravache cinglant l'air.

— Qu'est-ce ? fait Marie.

Elle sursaute. Je passe mon bras autour de sa taille; je sens son corps se raidir, puis se détendre dans un double mouvement : d'abord instinctif, de se redresser; ensuite volontaire, de s'abandonner.

Marie est appuyée contre moi, la tête renversée. Ses paupières remuent, comme si quelque objet les effleurait sans cesse ; et c'est, je le devine encore, de sentir mon baiser qui tremble au-dessus de ses yeux. Mais quelque chose nous dérange tout à coup, une sorte de crépitement rapide, pareil au bruit que l'on ferait en déchirant par petites secousses une feuille de papier dur.

— Ce n'est rien, dis-je, c'est la veilleuse de l'autel qui va s'éteindre.

La petite flamme, avant de mourir, fait de grandes lueurs qui dansent au plafond; puis elle touche le liquide sur lequel elle flotte, et la nuit tombe autour de l'autel, aussi lourde que l'obscurité d'un souterrain.

Je me penche un peu plus sur Marie. Il me semble que nos veines sont liées, que le même sang va des unes aux autres. La volonté de Marie à éviter ce qui est imminent diminue peu à peu. La défaillance de son effort se voit à son visage, qui se couvre comme d'un masque crispé.

Je vais me pencher encore, lorsque, tout à coup, elle se redresse, me regarde, m'offre ses lèvres.

Et, presque aussitôt :

— Que faisons-nous ? s'écrie-t-elle, en s'écartant de moi, brusquement. Que faisons-nous ? Mais nous sommes fous ! C'est ce porche, c'est sa faute, il faut le quitter, venez.

Dehors, le charme est rompu. Le jardin, c'est encore du silence; mais ce n'est plus l'intimité qui règne sous le porche, ce n'est plus l'impression de courtines baissées que donnent ses murs et sa voûte basse.

— A six heures, il faut que je sois à Saint-Jean-de-Luz, sur le quai. Nous devons, mon père, Marthe et moi, aller à Ascain par la rivière.

— Il est quatre heures à peine. Vous avez tout le temps.

Au hasard, nous allons vers les tombes qui bordent le petit mur.

— Nous sommes d'étranges fiancés, me dit Marie.

— Parce que?...

— Je ne sais pas...

— Mais je sais, moi; vous regrettez déjà ce que vous venez de faire.

— Nous avons eu tort, c'est mal.

— Ah! nous y voilà! Mais je préfère savoir comme cela, tout de suite, que vous ne m'aimez pas, plutôt que d'être réduit à de l'incertitude.

Une ombre rapide passe dans ses yeux.

— Vous allez me promettre une chose?

— Qui est?

— De ne jamais me répéter cela.

— Si c'est la vérité, pourtant!

J'éprouve le besoin de la taquiner, de faire l'incrédule, de la contraindre à me répéter plus fortement l'affirmation qui m'est chère.

— Laissez-moi!

Elle s'est assise sur un petit tertre, et, le visage caché dans ses mains, elle pleure.

— C'est fou! lui dis-je, ému tout à coup, mais flatté à l'endroit le plus sensible de mon cœur. C'est fou, voyons! J'ai dit cela pour m'amuser.

Et comme je m'approche, elle m'écarte, d'un mouvement de bras, elle ôte ses mains et me montre ses yeux pleins de larmes.

..... Le silence! Il est dans l'espace, il vient de partout, de la mer, des montagnes, de la vallée, de tous les éléments du grandiose paysage; il est, dirait-on, l'émanation de leurs aspects éternels. C'est lui qui domine. Il frappe plus que tout, tant il est entier : plus que la majesté des montagnes, plus que l'immensité de l'océan. Lui seul existe; il pèse, on le sent comme on sent le poids de l'atmosphère quand elle est lourde d'orage. Cependant, d'Urrugne monte un petit bruit, une sorte de tintement grêle,

Sur le quai de Saint-Jean-de-Luz.

si clair, si net, qu'il occupe à lui seul toute l'étendue du silence. Tantôt les sons, précipités s'arrêtent court et reprennent avec mesure, comme si les heurts d'où ils venaient étaient conduits par une main qui obéirait à un rythme; tantôt ils s'espacent, avec le bruit décroissant d'un objet qui rebondit; et alors il semble que la main s'amuse, puis se fatigue; mais, accélérés ou lents, ils ont le même timbre limpide, la même sonorité argentine. C'est la voix de l'enclume. Elle est menue, mais si aiguë, si seule, qu'elle nous force à lui être attentifs. Petit bruit monotone de l'enclume, il est humble comme la besogne du forgeron, il est tout le village.

— Partons, dit Marie.

Et de parler, de remuer, de ne plus prêter attention à la petite voix obstinée, nous éprouvons le malaise d'un trop brusque contraste.

Marie trouve un moyen de nous revoir. Elle me demande de venir à six heures sur le quai de Saint-Jean-de-Luz. Je serai là comme par hasard. Elle m'invitera à faire avec M. Villiers et Marthe la promenade en bateau; de la sorte, nous serons ensemble jusqu'à la nuit.

— Est-ce entendu? me fait-elle.

A peine lui ai-je répondu qu'elle part en courant.

VI

— Tiens! d'où sortez-vous? Personne ne vous a vu aujourd'hui!

De quelle voix naturelle, avec quelle simulation parfaite de la surprise Marie m'accueille, une heure après m'avoir quitté, quand j'arrive à l'endroit convenu du quai de Saint-Jean-de-Luz.

— Vous tombez à merveille, ajoute-t-elle, en se tournant vers son père, qui vient à moi la main tendue, son bon sourire sur les lèvres. Nous allons remonter la Nive jusqu'à Ascain. Le temps est merveilleux, la promenade sera délicieuse. Nous l'invitons, n'est-ce pas, père?

— J'allais le lui proposer.

— Oui, il faut que vous veniez, me dit Marthe, en train de donner des gâteaux à un petit pauvre.

Sur l'eau, dans l'air, tremble la lumière dorée du soleil déclinant. Elle se nuance, passe par toute la gamme des ors; puis, brusquement, l'or devient du rouge, un rouge qui a l'éclat riche du cuivre neuf, et qui colore le ciel d'une lueur de plus en plus vive, pareille au reflet d'un incendie qui irait en augmentant. Ce n'est pas seulement le ciel qui est rouge, mais la rivière, et la terre, et Ciboure en face, et son église, dont le clocher a quelque chose de chinois, et sa colline de Bordagain, pointue comme les collines que l'on voit dans les vieilles gravures, avec, bien au sommet, un donjon en ruines. Mais le magnifique rouge décroît, s'éteint; et il tombe alors ce je ne sais quoi de morne que l'on éprouve après un feu d'artifice.

— Ces dames peuvent monter, nous dit Létamendia, le batelier. En route!

D'un coup sec de son aviron, il détache la barque.

Le petit port est tranquille. Les barques de pêche sont rentrées et amarrées sur une même ligne; l'oscillation légère de leurs mâts est le seul indice de l'ondulation molle de l'eau. Elles se balancent sans bruit; seule, l'amarre de l'une d'elles produit un craquement pareil à celui d'une branche que ploie le vent. A la limite du quai, là où sont fixés les anneaux de bronze destinés à retenir les câbles, des pêcheurs causent en fumant, discutent sans chaleur. D'autres, couchés sur le ventre, les coudes sur le sol, la tête entre les mains, regardent au hasard. Derrière les arbres, sur la route, lentement,

lentement, passe une tonne d'arrosage, avec le bruit sec de ses roues qui cahotent et le sifflement soyeux de son éventail d'eau: elle s'en va en laissant un nuage de poussière et une odeur de terre mouillée.

Marie est à côté de moi.

— Il faut que je vous raconte ma journée, dit-elle. Devinez ce que j'ai fait?

— En effet, reprend M. Villiers, c'est assez inattendu, l'emploi de son temps aujourd'hui.

— Inutile de chercher, me dit Marie, ce serait peine perdue, vous ne trouveriez pas. Eh! bien, figurez-vous que j'ai fait la sœur de charité. Cela vous étonne! N'est-ce pas, Marthe? j'ai passé tout l'après-midi auprès d'une vieille femme malade?

Marthe, figée dans son silence, dit oui, d'une voix sans aplomb.

— Je vous assure que ça n'avait rien de drôle.

Et Marie raconte avec des détails sa soi-disant visite à la malade. C'est sans utilité cette insistance sur son mensonge, puisque son père l'a crue: mais, je le comprends bien, elle s'y étend pour rendre plus aiguë cette volupté qui est entre nous, faite du péril évité, du rendez-vous défendu.

— Quelle joie d'être au grand air après avoir respiré cette atmosphère de chambre! Tu n'y es restée qu'une seconde, toi, Marthe; aussi, tu ne peux pas apprécier comme moi la griserie d'être ici, après avoir été là-bas!

De tant appuyer sur le mensonge, Marie me le rend plus cher; il finit par avoir sur notre secret une vertu de mystère, que le simple silence n'aurait pas.

— En effet, il faisait étouffant dans cette chambre, répond Marthe, toujours gênée et baissant les yeux. Elle ne sait pas mentir, elle joue mal son rôle.

— Je crois que le bateau penche trop à droite, dit Marie.

Sous ce fallacieux prétexte, car la barque est parfaitement d'aplomb, elle vient s'asseoir sur ma banquette, entre son père et moi.

— Là, de cette façon, pas de naufrage à craindre.

Elle s'installe, tapote sa jupe et a soin, sans en avoir l'air, d'en étendre un pan sur mes genoux.

..... Un glissement! Il n'y a pas d'autre mot pour exprimer la lenteur sans saccades avec laquelle notre barque avance, l'impression que l'on a de voguer sur une matière veloutée. Dans le port, il y a un peu d'animation; mais, le pont du chemin de fer dépassé, l'animation devient nulle. J'ai aussitôt cette sensation de calme que l'on a lorsque l'on sort d'une grande route pour s'engager dans un chemin étroit. Peu à peu, le jour quitte le ciel; et à mesure que le soir pousse son ombre, il y a, dirait-on, une augmentation du silence général. Peut-être n'est-ce point là un effet illusoire; le silence, je crois, devient *réellement* de plus en plus profond, parce qu'il est, à cette heure, la cessation de tous les bruits du jour, la chute successive de toutes les voix éparses dans la campagne.

La barque file droit, dans le grincement cadencé produit par le frottement des avirons. Quand le batelier, pour se reposer, les lève, laissant ainsi la barque courir par la seule force de l'élan, on n'entend plus que les gouttes qui tombent des rames, l'espèce de petit bruit mou et liquide que fait la proue en coupant l'eau, et parfois, un autre bruit, soyeux et prolongé, quand la quille rencontre des touffes d'ajoncs. Cet entrain de Marie, qui lui faisait faire le récit imaginaire de son après-midi auprès de la malade, est peu à peu tombé. Comme nous, elle ne parle plus. C'est l'heure qui produit cet engourdissement dont nous sommes lentement pénétrés, l'heure, l'approche de la nuit, le silence, qui se fait de plus en plus enveloppant, qui se resserre, en quelque sorte, autour de notre barque, et la douceur de ce glissement sur cette eau molle. C'est tout cela, et aussi et surtout un échange d'intuitions entre Marie et moi, l'émotion de sentir que notre amour est pareil. Elle comprend que je la devine, comme je devine qu'elle me comprend. C'est, en Marthe, une torpeur accablée qui continue d'être pour moi un mystère.

Les voix éparses, toutes les voix qui viennent d'on ne sait où, se sont définitivement tues. Il n'y a plus, dans le silence, que le son tremblant d'un grelot : tour à tour on l'entend et on cesse de l'entendre, selon qu'il s'éloigne ou se rapproche des berges; et à la lenteur de son tintement on le devine attaché au cheval de quelque lourd chariot. Plus l'ombre devient épaisse, plus je me sens près de Marie. Nous avons les mains posées, tous deux, sur le même carré étroit de sa jupe; elles tremblent légèrement de l'envie qui est en nous de les faire se toucher; mais (et chacun sent que l'autre sent de même) il y a, dans notre peu d'empressement à les mêler, le désir de prolonger l'énervement voluptueux de cette hésitation.

— Regardez! regardez! dit tout à coup M. Villiers, en nous désignant un vol d'oiseaux.

Marie profite d'un moment où il a la tête tournée à droite, dans la direction du vol, pour s'appuyer contre ma poitrine; puis, dès qu'il se retourne, elle se redresse, l'éventail à la main, l'air quelconque, comme si rien ne se passait entre nous.

— Ils cherchent leur route, dit-elle.

En effet, les oiseaux, indécis, planent sans avancer, tournent sur place.

De nouveau, Marie s'appuie sur moi, doucement, pour que son père ne s'en aperçoive, bien doucement, comme mue par cette même crainte qui fait qu'en certaines circonstances on marche sur la pointe des pieds. Elle continue ainsi le jeu délicieux.

Mais l'air concentré de Marthe me gêne. Qu'a-t-elle? Quand je lui ai avoué que j'aimais Marie, elle m'a souhaité d'être heureux; et c'est spontanément qu'elle m'a offert son aide pour les petites ruses qu'il nous faudrait employer, Marie et moi, chaque fois que nous voudrions nous voir seuls jusqu'au jour du mariage. Et voilà que maintenant je la sens comme isolée entre Marie et moi. De temps à autre, elle nous sourit, mais d'un sourire qui est un effort. On dirait qu'elle souffre de quelque ancienne déception qui viendrait de se raviver au spectacle de notre bonheur.

— Si tu riais un peu? lui dit Marie, en la caressant de son éventail.

Et comme son père vient de se tourner à droite, Marie cesse aussitôt de taquiner sa sœur pour s'appuyer sur moi.

— Les oiseaux sont encore hésitants, dit-il.

Rangés en ligne brisée, ils vont, viennent, indécis toujours. Pour les suivre, M. Villiers est obligé de nous tourner complètement le dos; alors Marie s'appuie contre moi avec plus d'abandon.

— C'est très curieux, s'exclame Marthe, les suivant avec d'autant plus d'attention que cela lui donne une contenance, un prétexte à ne pas nous regarder.

La nuit vient. Elle n'est pas l'obscurité, mais une sorte de vapeur bleuâtre à travers laquelle se distinguent les choses. J'ai la sensation de m'enliser dans l'ombre, et rien n'est plus doux. On n'entend plus le petit tintement du grelot. Parfois, ayant touché du sable, le bateau s'arrête, et sa quille fait un bruit raboteux. L'heure scelle nos lèvres. Elle rend plus profondes les choses qui sont en Marthe, en Marie et en moi.

— Nous voici arrivés, s'écrie soudain le batelier.

C'est Ascain. L'arrêt brusque de la barque nous arrache à notre torpeur. Nous descendons. Marthe et moi suivons au hasard un petit chemin qui doit mener au village. Nous laissons derrière nous Marie et son père, qui s'attardent à donner des instructions au batelier pour le retour.

— Cette fois, dis-je tout de suite à Marthe, il me semble qu'elle m'aime. Aimer et être aimé, aucune joie n'égale celle-là !

Ce cri sort de moi malgré moi.

— Aucune, aucune !

J'éprouve le besoin de pousser l'exclamation, de la répéter.

Je ne me soucie plus du mal que je puis faire à Marthe en ne lui taisant pas l'enivrement de mon âme; je ne suis plus maître de mon délire. Magie de l'amour ! Il est le grand transformateur. A mes yeux, tout est changé, tout est magnifié. Mes sens perçoivent les choses avec plus d'acuité; il me semble que je viens d'atteindre tous les sommets de la vie.

Tout à coup j'éprouve ce besoin d'être bon qui naît en nous quand nous sommes contents. Comme Marthe est là, c'est vers elle que va ma tendresse.

— Si vous saviez, lui dis-je, comme cela me gâte mon bonheur, de vous sentir tourmentée ! Si vous saviez combien je voudrais vous aider à être heureuse !

— Laissez-moi, me répond-elle. Ne vous occupez pas de moi; parlons de vous et de Marie; votre bonheur à vous deux, cela seulement m'importe.

Je veux protester, je n'en ai pas le temps. Marie a pris un sentier de traverse; elle est là, devant nous. Alors par la vertu de sa présence, tout ce que je venais d'éprouver de sentiments étrangers à mon amour, ce malaise suscité par l'attitude de Marthe, ma curiosité de la déchiffrer, ma pitié, disparaissent. De nouveau, Marie seule s'impose à mes sensations.

— Papa va venir, nous dit-elle, il nous prie de l'attendre près de l'église, il cause avec le batelier.

Le chemin serpente à travers un bois provençal, pour finir à la place d'Ascain. Avec son église, sa mairie, son auberge, ses quelques maisons aux seuils couverts d'herbes, elle est bien la vraie place de village. Quand nous y arrivons, elle est pleine d'ombre et de silence. Au fond, un mur pour jouer à la pelote se devine à son faîte arrondi. Des masses noires, au flanc de l'église, désignent le cimetière.

— Il y a un banc contre l'auberge, remarque Marie. Il faut y aller, nous y attendrons papa.

L'auberge est à côté de l'église. Trois platanes ornent sa façade, trois platanes taillés comme ceux de tout le pays basque, très bas, allongeant d'un même côté des branches nerveuses et horizontales, et bien faits, avec leur air provincial, pour abriter des bancs séculaires, des gens silencieux, des vieillards, des êtres engourdis par l'âge ou par le rêve. D'une fenêtre du rez-de-chaussée, la seule des fenêtres de la place dont les contrevents soient ouverts, vient une lumière qui se projette en carré sur le sol. Viennent aussi les bruits de voix et les éclats de rire de deux hommes — faces rasées, bérets sur les yeux — qui jouent aux cartes.

Marie à ma droite, Marthe à ma gauche, nous nous asseyons sur le banc à côté de la fenêtre; et son exiguïté nous oblige à nous serrer l'un contre l'autre. Alors, comme automatiquement, les choses dont nous avions été distraits un instant se reglissent dans nos âmes. Nous nous laissons pénétrer de la poésie du soir. Tout doucement Marie me prend la main, la pose avec la sienne sur ses genoux, les couvre d'un pan de son manteau.

— Tu es là, Marthe ? dit-elle en même temps, pour dire quelque chose, pour mieux dissimuler son geste.

— Où veux-tu que je sois, petite folle ? En voilà, une demande ! fait Marthe en riant, de ce rire artificiel que l'on a quand, tiré brusquement d'une tristesse ou d'une songerie, on veut paraître gai.

Dans le carré de lumière dansent les ombres des deux hommes qui gesticulent; de temps en temps, leurs voix et leurs rires envahissent le silence.

— Nous irons plus vite au retour qu'à l'aller, reprend Marthe; nous aurons marée haute.

Que d'effort pénible il y a sous la banalité de ces paroles ! Marthe a senti que je l'observais : alors, elle parle pour me donner le change, elle cherche à secouer le poids de son accablement.

— C'est vrai, fait sa sœur.

— C'est vrai, dis-je à mon tour.

Ce sont nos dernières paroles à voix haute. Tout à coup, une sorte de grincement nous fait sursauter.

— C'est la fenêtre qu'on va fermer, me dit Marie, dont la tête touche le contrevent; effaçons-nous, on va nous voir.

Elle se blottit et se serre contre mon épaule, tandis qu'instinctivement Marthe et moi nous nous appuyons au mur de toute la force de nos reins, comme si ce mouvement devait nous y enfoncer et diminuer nos chances d'être découverts. Mais personne ne nous a vus, personne n'a soupçonné notre présence.

— Sauvés! s'écrie Marie.

La fenêtre s'ouvre, se referme, les voix s'éteignent, le carré de lumière disparaît. Ces contrevents clos, il y a immédiatement sur la place une augmentation d'obscurité. Nous nous sentons tout à coup plus seuls. Sans le peu de vie que mettaient ces rires et cette clarté, la place retombe à une paix plus profonde.

Ainsi, la journée touche à sa fin. Je n'en imagine pas de plus heureuse. Mais de me dire qu'elle ne se renouvellera peut-être jamais plus, je sens s'abattre sur moi cette tristesse qui nous glace quand finissent des fêtes si parfaites que nous ne pouvons pas croire à leur recommencement. J'ai envie de me tourner vers Marie pour lui dire mon inquiétude; mais le silence de Marthe m'arrête; je reste au seuil de cette âme, intrigué, impuissant à la soulager. Un mal la tourmente : lequel? Marthe est là, son coude contre le mien; je la sens se blottir dans l'ombre comme en un refuge : entre elle et moi se tisse quelque chose, une communication mystérieuse s'établit, qui fait qu'elle devine et redoute ma curiosité, comme je sens qu'elle devine et redoute la mienne; et sa tristesse, son abattement finissent par me gagner, par s'introduire dans mon allégresse. De sa présence me vient ce malaise qu'engendre le voisinage d'un malade taciturne.

Soudain, dans l'air, près de nous, vibre un tintement de cloche, un seul, mais d'une si surprenante pureté, que nous nous regardons et tressaillons en même temps. Second tintement, seconde pause. Troisième tintement, nouvelle pause. La cloche semble essayer sa voix. Encore d'autres tintements, espacés d'un silence, et dernier tintement, suivi, celui-là, d'une pause plus longue, d'un arrêt qui se prolonge bien après la dernière résonnance du métal. C'est le prélude à l'Angelus, l'invitation à écouter le cantique chaque soir entonné par le bronze. Enfin, la cloche se lance à toute volée. Elle ne joue aucun air, elle ne fait que répéter le même son limpide, à peine modulé par le rythme que lui imprime le balancement. Cette cloche est bien celle qu'il faut à Ascain, village clair, entouré d'eaux vives, de bois légers et de maisons blanches; elle est bien la cloche qu'il faut pour commémorer la gracieuse Annonciation. Peu à peu, elle se ralentit, et rien n'est plus engourdissant que ces sons qui vont en diminuant. Ils s'espacent, faiblissent, faiblissent, ne sont bientôt plus qu'un écho qui entre lentement dans le silence, s'y étouffe. Et c'est fini, la cloche s'est tue. Maintenant tout va glisser au sommeil.

VII

Vingt-cinq septembre.

Depuis la promenade en bateau, il y a près de deux mois, nous nous sommes vus quotidiennement, mais jamais seuls ; toujours, entre nous, quelqu'un — ou des fêtes dont Marie n'a pas manqué une. Aujourd'hui enfin, le monde commençant à partir, elle m'a promis de s'échapper, de venir me rejoindre sur la place d'Urrugne.

Quel désenchantement lorsque je vois Marthe apparaître seule! Heureusement, elle me rassure vite.

— Elle sera là bientôt, me dit-elle avant de me tendre la main, et avec précipitation, comme si elle ne pouvait supporter la pensée que je pusse croire un instant que Marie ne viendrait pas. Oh! que le soleil est gai, ajoute-t-elle, sans transition, et avec ce faux air enjoué qu'elle a quand elle est triste et ne veut pas le paraître.

Nous regardons ensemble la petite place violemment éclairée. L'appréciation de Marthe est inexacte : le soleil, aujourd'hui, est spécial, sa clarté est éblouissante, mais trop crue, trop blafarde pour être gaie. Cette sorte de décomposition de la lumière solaire est un effet du vent de sud qui, en ce moment, souffle, gémit de toute la force de sa voix tragique.

Comme si elle redoutait le silence, elle ajoute :

— Cette Marie ne peut jamais être prête à l'heure; elle est incorrigible. Enfin soyons patients. Quand je suis partie, elle était en train de se parer, de se fleurir. Tout cela est pour vous. Ne vous plaignez donc pas de ce retard. Quand on est amoureuse, on ne se trouve jamais assez jolie.

Elle me dit encore, mais sur un autre ton, très doux, et avec des yeux qui le rendent plus doux encore :

— Si vous saviez, mon cher ami, combien je souhaite que vous soyez heureux, que Marie vous rende heureux!

Ces paroles, dites ainsi, avec cette voix hésitante, avec ce regard intimidé, cette façon lente de prononcer « mon cher ami », m'amollissent le cœur. Je me sens de la pitié pour Marthe, d'autant que je suis au lendemain d'une scène qui en a mis aussi dans mon cœur pour Marie.

C'était hier soir, à Saint-Jean-de-Luz. La fanfare jouait sur la place. Les Basques dansaient le *fandango*. Il y avait du monde partout, devant l'orchestre, autour des danseurs, à la terrasse du *Café Suisse*. L'air était chaud, la lune brillait, il faisait un temps à rester dehors. On est assez libre ces soirs-là. J'en profitai, je fis signe à Marie de venir me trouver dès qu'elle le pourrait. La foule étant énorme, c'était facile, je n'attendis pas longtemps. Marie vint me rejoindre au bout de la place. A cet endroit, qui forme quai, il n'y a jamais personne.

Nous nous étions assis sur le parapet. Devant nous, la petite baie; au fond, la montagne. Ce paysage me rappelait Pâques, la première fois que j'avais vu Marie. C'était la même fête, la même heure, le même endroit. Toutes les façades avaient leurs fenêtres grandes ouvertes; ce qui donnait une forte impression de nuit chaude. La lune brillait, la petite baie étincelait; de l'autre côté de la rivière, les maisons éblouissaient de toute la blancheur de leur chaux; le clocher de l'église de Ciboure, lourd et pointu, avait sur ses ardoises des scintillements métalliques, la vitre d'une lucarne pratiquée à son faîte brillait comme du vif argent; une barque, en se balançant, faisait chatoyer l'eau. C'était ainsi à Pâques quand j'avais vu Marie : c'était ce temps, ce paysage, ce clair de lune.

— Ici, lui dis-je, je vous ai vue pour la première fois. Un soir comme maintenant. Il y avait de la musique et de la foule, vous marchiez avec Marthe, je vous ai croisées, nous nous sommes salués. Je me souviens de l'endroit exact : là, tenez, à la limite des arbres.

Assise sur le parapet, elle m'écoutait avec une attention profonde. Touchée de la précision avec laquelle ma mémoire évoquait ce souvenir, elle me sourit longuement.

Je rappelai à Marie les circonstances dans lesquelles elle m'était apparue. Je fis allusion à la confidence de Pierre Feutrier. Je l'observais bien. Elle dit seulement, en remuant son petit éventail :

— Tiens, tiens!

Et, je ne sais pourquoi, son ton ne me parut pas naturel. C'était bien invraisemblable qu'elle ne se fût pas avisée des sentiments de mon ami. Je lui dis doucement :

— Vraiment, Marie, vous ne saviez pas qu'il vous aimait, vous ne vous en doutiez pas du tout ?

Un hochement de tête, un silence, une dénégation sans force. Alors, je voulus savoir, je fis un effort, je mentis :

— Allons, Marie, ne faites pas la cachottière. Il m'a tout raconté.

Elle pouvait hausser les épaules, j'en eusse été soulagé. Mais non. Marie se mit à sourire doucement, de l'air de quelqu'un qui avoue une peccadille. Je me sentis au cœur une sourde morsure. L'énergie grâce à laquelle j'avais pu jusqu'à présent dissimuler m'abandonna tout à coup; et, tout à coup, Marie comprit le piège.

— Ah! mon Dieu, fit-elle, en se voilant les yeux de ses doigts. Ce n'est pas vrai, ce n'est pas vrai!

Mais il n'était plus temps. Cette dénégation tardive ne faisait qu'ajouter à mes soupçons.

Je continuai :

— Voyons, Marie, vous ne me connaissiez pas alors. Pourquoi vous reprocherais-je un passé sur lequel je n'ai aucun droit?

Je cherchais à donner à ma voix le ton calme qui convenait à ces paroles; mais quel effort il me fallait!

Elle ne me répondit pas.

Alors, cédant au besoin de savoir la vérité, dût-elle me lacérer, je lui dis doucement, comme s'il s'agissait d'une autre :

— Allons, Marie, il faut tout me raconter. C'est un ami, rien qu'un ami qui vous parle. N'ayez pas peur ; vous voyez, je suis calme.

Et j'attendais, tremblant comme si j'avais donné le branle à quelque machine dangereuse dont le moindre mouvement aurait pu me toucher, sans qu'il fût en mon pouvoir, l'impulsion une fois acquise, de l'arrêter.

— Dites, Marie, vous l'avez aimé aussi, vous ?

— Oui.

— Et vous le lui avez avoué ?

— Oui.

Elle disait oui, j'entendais bien. Je ne rêvais pas. Mes oreilles percevaient bien le son bref de ce « oui ». Je restai une minute dans une sorte d'hébétement, comme si je n'avais pas compris. Je sentais sur mon visage une contraction dont je n'étais pas maître. Marie, qui me regardait, s'en aperçut. Elle se pencha sur mon épaule en pleurant. Je l'écartai.

— Ayez pitié, me dit-elle, je souffre plus que vous !

Je la maintenais à bout de bras. Je regardais ses lèvres, sur lesquelles les lèvres de l'autre s'étaient peut-être posées. Une force irrésistible rivait mes yeux à cette bouche, la même force qui, tout à l'heure, m'avait poussé à vouloir la vérité coûte que coûte.

Je me disais que toutes ces phrases dont elle se servait avec moi, elle les avait eues, sans doute, les mêmes, avec lui, et les mêmes regards, et les mêmes silences et les mêmes gestes ; et cette aisance gracieuse qui les enveloppait, et que j'aimais parce que je la prenais pour un des mouvements instinctifs nés de notre amour, je me disais qu'elle n'était que la facilité de l'expérience acquise avec l'autre.

— Oh ! soyez bon, je souffre tant !

Le dos un peu voûté, les yeux pleins de tristesse et d'imploration, Marie me regardait.

— Oh ! soyez bon.

Et de la voir ainsi, je sentais de la bonté me gonfler le cœur. Mais un instinct mauvais me forçait à refouler cette pitié. J'éprouvais comme une satisfaction de vengeance à ne pas dire à Marie le mot qui la soulagerait.

Elle me regardait ; ses yeux s'alourdissaient de tristesse, devenaient humides. Elle détourna la tête ; et soudain, éclatant en sanglots, elle tomba sur ma poitrine. Alors, je ne songeai plus à la repousser, je la serrai contre moi de toutes mes forces.

Je pleurais de la voir pleurer, comme, à Sokori, après son escapade, j'avais ri de la voir rire. Dans mes larmes, cependant, il y avait autre chose qu'une simple contagion nerveuse : il y avait du chagrin de la voir souffrir. Et pourtant, je ne me le dissimulais pas, ces larmes m'étaient douces, parce qu'elles nous rapprochaient.

Quand elle releva la tête, elle me dit, d'une voix triste :

— Il faut que vous me juriez de ne jamais plus parler de ce passé ! Vous m'entendez, jamais, jamais ! Voyez-vous, je préférerais ne jamais plus vous voir si vous deviez m'en parler encore, si vous deviez en souffrir. Je vous aime ; cette certitude doit vous suffire. Mais ayez pitié, ne me reprochez rien. Demain, nous nous verrons à Sokori. Quand j'arriverai, il faut que je sente que vous n'y pensez même plus. Promettez-le-moi. J'aurai peur, demain quand je vous verrai, j'oserai à peine vous regarder. Je sens que je tremblerai quand mes yeux se lèveront vers les vôtres !

. . . .

C'était hier, cette confession, ces larmes. J'en suis encore attendri. Dans quel état doit être Marie ! Elle va arriver toute émue, timide, la voix humble. Elle doit appréhender de me voir, comme j'appréhende de la voir. Pauvre âme ! Mon cœur se gonfle. L'émotion m'empêchera de lui parler. Nous allons rester là, assis l'un à côté de l'autre, avec, entre nous, le malaise de notre silence. Mais quelle détente quand il se sera dissipé et que je pourrai lui prendre les mains, les garder serrées dans les miennes, mettre toute ma tendresse dans cette étreinte !

Le vent de sud, depuis un instant, a augmenté de violence. La chaleur devient intolérable et la poussière aveuglante.

Pour nous mettre à l'abri, nous entrons dans l'auberge de notre premier après-midi à Urrugne. Derrière la vitrine, une vieille femme à lunettes tricote.

— Entrez, Monsieur, entrez, Madame, nous fait-elle, sans se déranger de sa chaise.

— Ici l'on respire, dit Marthe. Nous sommes très bien. Laissons la porte ouverte pour voir venir Marie. La route est en face. Nous l'apercevrons dès qu'elle sera en haut de la côte.

Tout à coup, dans le vent, un bruit se détache, sec, mat, comme ferait le heurt d'une feuille de zinc contre une pierre : la demie qui sonne à la terrible horloge !

— Elle ne peut être loin, dit Marthe.

Instantanément, je me sens envahi par quelque chose de très doux. Chère Marie ! Plusieurs fois, je répète cela, lentement, tout bas. Alors, je m'apitoie davantage, je me sens pénétré par cette tendresse spéciale que suscite l'approche d'un malade, la venue d'un convalescent qui sort pour la première fois.

— Tenez ! je crois que la voici, me dit Marthe, en me montrant du doigt le haut de la côte. Oui, oui, c'est elle. Voyez-vous, là-bas ?

En effet, à travers la poussière que le vent furieux soulève, une femme s'avance. Tout de suite, je reconnais cette robe rose, cette ceinture rose, cette façon de marcher.

— Allons à sa rencontre.

Nous sortons.

Elle approche, la tête baissée pour se garantir du vent, une main sur son chapeau pour le retenir, l'autre à sa jupe qu'elle maintient enroulée. Sa ceinture, qui est un mince ruban, fait des zigzags autour de sa taille, l'entoure comme d'une lanière.

— Mais c'est infernal, ce vent! dit Marie. Marthe, Marthe, prends garde, ton chapeau va s'envoler ! Fais comme moi. Regarde!

Et de ses deux mains elle rabat sur ses joues les bords souples de son chapeau.

— Mais où allons-nous ainsi ? Entrons n'importe où...

Je veux lui répondre, lui dire que nous allons nous réfugier à l'auberge ; mais un coup de vent, d'une violence telle qu'on a la sensation d'être obligé, pour faire un pas, de pousser avec la poitrine, avec tout le corps, quelque chose de massif, m'empêche de parler. Je lui indique l'auberge, d'un geste.

Sitôt la porte refermée derrière nous, Marie pousse un soupir de soulagement.

— Je n'en puis plus, dit-elle, en s'asseyant et fermant les yeux.

Et elle se renverse sur sa chaise, comme si cette attitude infléchie devait lui permettre de mieux goûter le bien-être du silence. Mais une minute de repos lui suffit.

Elle s'étire, reste les yeux grands ouverts, sourit, se lève. Marthe, comprenant sans doute que je veux parler à sa sœur, vient de partir.

Il n'y a que Marie et moi. Nos chaises sont à côté l'une de l'autre. Des paroles fraternelles tremblent à mes lèvres. J'éprouve une douceur infinie d'être bon.

— Eh bien ?

J'articule ces deux mots avec une voix compatissante. Et je lui prends les mains, que je garde pressées dans les miennes.

— Eh bien !...

Elle me répond par la même interjection, mais sa voix est claire, gaie, d'un ton imprévu qui me glace.

Sans quitter ses mains, et m'efforçant de dissimuler mon malaise, je lui dis encore :

— Allez-vous mieux, Marie ?

— J'ai donc été malade? fait-elle, en se reculant un peu et souriant, étonnée.

Et elle reste là, la tête raidie en arrière et à droite, dans un mouvement de surprise et d'interrogation.

Je me sens ridicule. J'éprouve cette sorte de gêne qui vient des paroles déplacées que l'on prononce malgré soi. Mais je me ressaisis. Son étonnement vient sans doute de ce qu'elle n'a pas compris. Peut-être l'at-elle feint par une sorte de pudeur, peut-être n'est-il qu'une façon de me rappeler ma promesse de ne jamais parler d'hier soir. Cette interprétation que je lui donne achève de m'attendrir. Je sens que mes yeux s'emplissent de plus de bonté.

— Pardonnez-moi, Marie. Si je manque à mon serment d'hier, c'est parce que je souffre à l'idée que vous pourriez prendre mon silence pour de la rancune. Et je veux que vous sachiez que c'est oublié. Toute cette nuit, j'étais inquiet, je me disais que mes paroles n'avaient peut-être pas été assez bonnes. Dites-moi que vous ne m'en voulez pas.

— Ah! fait-elle en riant, avec des yeux qui, tout à coup, se souviennent, je n'y étais pas du tout ! J'étais loin de me douter que vous faisiez allusion à notre conversation d'hier. Cela n'avait aucune importance. C'est fou de vous être tourmenté pour si peu. Il faut faire comme moi : oublier, oublier !

Plusieurs fois, elle répète le mot; et par ses yeux large ouverts elle a l'air de savourer le bien-être de se sentir une âme sur laquelle rien ne subsiste. Ces mots, ce rire me produisent un effet atroce. Il me semble que c'est au centre du cerveau que j'ai mal. Il me semble qu'il y a en moi un endroit précis d'où partent la joie et la douleur ; et que c'est à ce point sensible que je souffre. Est-ce possible après ses paroles d'hier soir:

« J'aurai peur demain quand je vous verrai. Je n'oserai pas vous regarder. Je

tremblerai quand mes yeux se lèveront vers les vôtres ». C'est bien elle qui m'a dit ces choses; et c'est bien elle qui vient de me regarder en riant quand, osant à peine, j'ai évoqué ce souvenir. Ma stupeur est telle que, sur l'instant, je ne trouve rien à lui répondre. D'ailleurs elle ne m'en laisse pas le temps. Un violoniste aveugle, un de ces Espagnols qui s'arrêtent dans les villages basques pour avoir quelque aumône, vient de s'installer au milieu de la place. Et voilà Marie amusée par le bonhomme. Déjà, en une seconde, elle a oublié ce qu'elle vient de me dire. De l'expression de ses yeux, de son sourire, du ton de sa voix, il ne reste rien. Elle est une autre.

— Venez, venez, me dit-elle, toute secouée par de petits frissons de plaisir. Sortons pour mieux entendre.

Sans discuter, j'obéis, je la suis.

La porte ouverte, nous recevons en pleine figure la brûlure du vent violent et sec.

— Refermez vite, me crie Marie, autrement tout sera brisé dans la boutique.

— Ah! vous voilà, fait Marthe, qui, installée sur une chaise, écoute l'Espagnol.

Sa présence achève de m'énerver. Je lui en veux d'être là. Sans elle, j'aurais pu encore parler à Marie. Elle va prendre deux chaises, les range à côté de la sienne ; et avenante, sans se douter que son amabilité, ses prévenances, achèvent de m'exaspérer :

— Là, entre nous deux. Vous serez très bien.

Marie nous fait signe d'écouter. Elle veut parler, mais le vent furieux l'en empêche. Des deux mains, de toute la force de ses doigts, elle tient son chapeau, en rabat sur ses oreilles les grands bords de paille souple, comme elle ferait d'une étoffe molle.

— On dirait que nous sommes au concert, remarque Marthe.

Elle veut ajouter autre chose, mais le vent la force à baisser la tête, à tenir les yeux et les lèvres fermés.

Il est au milieu de la place, le violoniste, assis sur le sol, les jambes croisées, en plein soleil, au centre du vent et de la poussière. Ses vêtements ne sont que des loques. A son flanc est pendue une sorte de poche en cuir dans laquelle est un pain rond et blanc pareil à un disque de plâtre. Par terre, entre ses pieds, luit un plat de métal destiné à recevoir l'aumône des passants.

Sa figure n'a point d'âge. La peau, très rugueuse, très ridée, lui donne l'aspect d'un vieillard ; mais quelque chose de charmant et de pur, qui vient de la sinuosité gracieuse de la bouche, atteste la jeunesse. Ce visage est plus navrant que le visage d'un vieux qui aurait souffert toutes les souffrances. Depuis quand la sérénité a-t-elle quitté le front? Depuis quand le sourire a-t-il déserté les lèvres ? Sans doute il fut un temps où cet homme voyait. Sa cécité est due à quelque mal récent, car ses orbites sont vides et entourées de pustules.

D'où vient-il et où va-t-il ? Combien d'hivers, combien d'étés a-t-il endurés dehors, n'ayant pour toute couche que le sol âpre des routes ? Quels soleils

Des deux mains, elle tient son chapeau.

féroces, quelles bises glaciales lui ont tour à tour brûlé et fendillé la peau ?

Se peut-il qu'il ait été un enfant, qu'il ait ri, joué, connu le temps léger de la jeunesse, qu'il ait goûté la douceur de sentir à ses tempes les lèvres maternelles, et, plus tard, le vertige d'étreindre, sous des arbres alourdis par le soir, des mains toutes tremblantes d'être dans des mains chères ?

Quels chagrins ont bien pu donner à cet être son air douloureux ? Peut-être souffret-il de la nostalgie de toutes les choses qui sont l'enchantement de la vie, de toutes les choses qu'il ne reverra jamais plus, et le ciel, et les fleurs, et les belles créatures. Peut-être souffre-t-il aussi de porter au plus profond de sa mémoire le souvenir de quelque bien-aimée.

Il est au milieu de la place, accroupi, impressionnant. La poussière tourmentée l'enveloppe de rideaux tragiques, qui brusquement le cachent et le découvrent, selon qu'elle rampe ou se dissipe. Parfois, elle s'enlève du sol pour former au-dessus de sa tête comme d'épaisses et rapides fumées.

Les yeux au ciel, le front dans la lumière, l'air d'un inspiré, il joue. Son archet va et vient, sautille, quitte les cordes, rebondit, guidé, dirait-on, par le vent. Et le son qu'il exhale, quoique faible, domine la voix immense de l'élément, comme domine dans un orchestre le son aigre de la flûte.

De temps en temps, il laisse tomber son archet, d'un geste las, d'un mouvement de bras qui n'en peut plus. Et après une pause d'un instant, après une longue aspiration qui lui fait trembler la poitrine, il chante, sans s'accompagner.

Ce chant est encore plus triste que son visage, sa voix plus déchirante que le cri d'un blessé. Sans doute il ne fut jamais noté. Recueilli par les mémoires, il a dû se transmettre de génération en génération, et probablement il est sorti de la rêverie d'un mélancolique, du cœur meurtri de quelque jeune homme de jadis qui, souffrant d'aimer sans être aimé, se plaisait à traduire son désenchantement en longues lamentations modulées.

Car c'est cette souffrance que dit et redit la chanson :

> Aimer et n'être pas aimé
> Sentir et ne pas sentir à deux.
> Vivre en vivant oublié,
> Et ne pas pouvoir le dire !

La mélodie ne se pourrait écrire. Elle est moins une mélodie qu'un long cri désolé, un long gémissement avec, tout à coup, un arrêt qui, chez le mélancolique de jadis, devait être des pleurs.

Rien n'est plus poignant que cette plainte lancée par cette voix, rien : ni les chants de deuil qu'on murmure à l'église, ni les plus tristes des mélopées, ni les plus aigus des sanglots.

L'aveugle y ajoute je ne sais quoi d'indicible, qui vient sans doute de sa détresse. Il s'épanche à travers ces notes et ces paroles. Elles sortent de son chagrin comme sortent les larmes et les soupirs.

Tantôt sa voix a quelque chose d'étiré, de doux et de languide, avec cette émotion qui serre la gorge quand on chante les années disparues ; tantôt elle se fond en un chevrotement pareil à un souffle épuisé ; parfois elle éclate en un cri prolongé et strident, comme si l'aveugle voulait communiquer son désespoir à tous ; parfois elle se casse et devient une sorte de ricanement de folie ; et cela entre dans les nerfs, donne ce frisson que l'on a quand l'on se sent pâlir.

Et ainsi de suite, le chant et le violon alternant, le chant toujours le même, toujours plein de nostalgie, et la petite ritournelle du violon en crescendo rapide, comme si l'archet subissait l'accélération du vent. Alors l'aveugle s'arrête, et, avant de chanter, reste immobile, le visage figé, avec un air d'extase.

— Cette musique est vraiment trop sinistre, me dit Marie, cet Espagnol pourrait bien jouer autre chose, Mais quoi ! il s'en va ?

En effet, le violoniste ramasse son plat de cuivre ; le violon sous son bras, il s'éloigne, tâtonnant de son bâton, et disparaît dans la poussière.

Marthe ne dit rien ; mais, depuis un moment, je sens que son regard est appuyé sur moi. Puis, elle est plongée dans un silence qui, joint à ce regard, m'atteint, me pénètre, comme pénètre le chagrin d'un ami qui est à côté de vous et qui, par une sorte de pudeur, se tait. Je n'ose pas me tourner vers elle. Il me semble que ce serait une indiscrétion. Je reste là, une minute, hésitant. A la fin, je suis vaincu par une curiosité impérieuse.

Je la regarde.

Elle se détourne, mais pas assez vite. Son âme, gonflée par quelque chose que je ne démêle pas bien encore, commence à s'allonger sur son visage.

— Qu'avez-vous Marthe ?

— Je n'ai rien, dit-elle, en se raidissant.

— Si, qu'avez-vous ?

— Laissez-moi.

Et, comme j'insiste, une larme me répond.

Ce n'est qu'une larme, car aussitôt Marthe se maîtrise. Mais cela a suffi. J'ai compris, j'ai tout compris. Il se fait en moi comme une grande lumière. Je m'explique enfin le mystère de ses timidités, de ses silences. Ses attitudes étranges, qui m'avaient si souvent frappé, je me les explique enfin, elles me reviennent toutes. Je m'explique pourquoi sa voix était basse, si basse, quand elle me parlait, pourquoi ses yeux avaient ce regard penché !

Marthe n'a rien dit, mais le chant nostalgique de l'aveugle lui a arraché son secret. Il le lui a pris pour le mettre sur son front, sur ses yeux, sur ses doigts, dans l'auréole de silence qui l'entoure. J'ai tout compris, tout. J'ai vu jusqu'au fond de son âme.

Je ne bouge pas. Un saisissement me raidit à l'idée que j'ai vécu si longtemps au bord de ce secret sans jamais l'avoir pénétré. J'éprouve un remords cruel en pensant au mal que j'ai dû faire à Marthe si souvent, d'autant plus souvent que je ne *savais* pas. Maintenant, je ne pourrais plus la regarder. Je n'ose même pas bouger, comme si le moindre mouvement pouvait me trahir. Pauvre Marthe ! Elle grandit à mes yeux de tout l'héroïsme de son long silence. Quel effort il lui a fallu pour depuis si longtemps, ne me parler qu'en amie, me consoler, m'encourager, alors qu'elle mourait de ce qui était ma vie, qu'elle souffrait de ce qui faisait mon bonheur ! Où a-t-elle puisé cette force ? Comment a-t-elle pu étouffer son âme, ne pas me détester ? Comment a-t-elle pu m'encourager à croire en l'amour de Marie, me répéter de n'en pas douter ? J'éprouve un sentiment impérieux qui, d'un peu plus, pousserait mes mains vers ses mains, quelque chose d'admiratif et de religieux qui me confond et m'attendrit. Mais Marie est là. Je n'ai qu'à la regarder pour que toutes les impressions qui ne me viennent pas d'elle s'effacent aussitôt. Ma passion se dresse devant ma pitié, et ma passion est plus forte que ma pitié.

Tout cela rend oppressante l'atmosphère qui est autour de nous. Je voudrais, pour v échapper, me remuer, dire n'importe quoi. Je ne peux pas. Nous sommes encore au pouvoir de la chanson de l'aveugle. Le chant a cessé ; mais il a laissé en moi des vibrations profondes. Il m'a ému infiniment, parce qu'il m'exprime. Il est le cri d'une âme pareille à la mienne, tourmentée d'amour et d'inquiétude. Il a établi entre Marthe et moi un lien mystérieux qui nous rend perceptible l'un à l'autre notre mal sans remède. Il s'adapte si exactement à notre état, il le traduit si parfaitement, il remue si fortement ce qui nous rend tristes l'un et l'autre, que nous éprouvons simultanément cette gêne à se regarder, cet embarras, dont on ne peut se défendre lorsqu'on est deux à porter un secret et qu'une autre personne prononce des paroles qui y font allusion.

La pensée de Marie est à l'écart de la nôtre. Ce qui nous émeut ne l'émeut pas. Comme pour confirmer cette impression, elle dit :

— Ne trouvez-vous pas qu'après cet air on a envie de parler, de rire, de danser ? Rentrons dans l'auberge !

Et je la suis, comme je l'ai suivie tout à l'heure quand elle m'a entraîné vers la musique de l'aveugle. Marthe est immobile, impassible, dans le vent tout à coup si torride qu'on dirait la radiation d'un métal rougi. Marie s'est assise à mon côté, si près que je sens nettement la ligne dure de son corps.

Il me semble que quelque chose se déplace en moi, se transforme. La douceur avec laquelle j'aimais Marie devient une fièvre que rend aiguë mon exaspération de la sentir si changeante. Maintenant, de moi à elle, il n'y a plus que cela, ce vertige. De ma pitié de tout à l'heure, il ne reste rien. Je suis près d'elle, contre son épaule, les yeux à côté des siens, je lui dis :

— Venez à Sokori !

— Pourquoi faire ? me demande-t-elle lentement, surprise.

— Venez !

Toute ma fièvre vient de passer dans ma voix. Je répète :

— Venez !

— Non, non, ce ne serait pas raisonnable, répond-elle, le plus tranquillement du monde, en arrangeant avec une lenteur agaçante la dentelle de son col.

Mais je répète encore :

— Venez, je le veux !

Alors elle se lève, comme si je l'avais prise par le bras. Avec la rapidité propre à ces intuitions singulières qui nous font brusquement voir clair dans l'âme des autres, j'ai l'impression que Marie entre tout à coup dans ma volonté comme en un cercle magnétique. Debout, les yeux dociles, elle est prête à me suivre. Comprend-elle qu'en ce moment je m'enferme dans la joie orgueilleuse de sentir sa volonté anéantie par la mienne ? D'une voix faible, humble, comme ses yeux de maintenant, elle me dit :

— Eh bien, venez-vous ?

— Oui. Je viens.

Le vent fait rage. Il souffle avec un bruit aigu, pareil au sifflement d'un volant de machine lancé à toute vitesse. Un grand moment, il reste ainsi, sur le même ton de note haute, et cela finit par agacer, par produire à l'oreille l'effet de quelque chose de pointu.

— Allons !

Ma voix tremble un peu. Dans le regard de Marie, il y a de la soumission, de la crainte et du plaisir.

Marthe, qui n'a rien entendu de notre dialogue, rien vu de nos gestes, se lève et demande tout doucement :

— Où allez-vous ?

— A Sokori, répond Marie, sans tourner la tête.

— A Sokori ! je serais bien contente d'y aller aussi.

Marie et moi, nous montons à petits pas. Mais le vent nous arrête à chaque minute, nous donne la sensation d'une épaisseur qui serait devant nous, d'une muraille.

— Attendez-moi ! crie Marthe, qui lutte pour retenir son chapeau et son boa, attendez-moi !

Cette voix, pour la première fois, me crispe, m'agace. En ce moment, Marthe est une intruse. Je fais semblant de ne l'avoir pas entendue. Le bruit du vent est tel que cela peut ne pas paraître étonnant, mais elle a vite fait de nous rattraper.

— Me voici, dit-elle !

Je me tourne vers Marie, je lui offre mon bras, moins pour le plaisir de la sentir contre moi que pour nous isoler de Marthe. Marthe, cependant, continue de marcher à côté de nous. Alors, j'affecte de ne parler qu'à Marie. Mais voyant que Marthe ne comprend pas, je lui dis, brusquement tourné vers elle :

— La chaleur est torride, Marthe, vous allez vous fatiguer.

Comme elle proteste, comme je vois qu'elle va nous suivre, j'ajoute :

— Nous irons seuls.

— C'est vrai, fait-elle d'une voix résignée, c'est vrai, ce serait peut-être fatigant pour moi, cette montée, par ce soleil.

Elle reste là une minute, indécise, attendant peut-être que Marie ou moi lui disions de nous accompagner. Mais Marie n'ouvrant pas la bouche, Marthe s'en va. Cette attitude de Marie vis-à-vis de sa sœur flatte singulièrement mon orgueil. Son silence signifie qu'elle n'a de volonté que la mienne, de désir que celui d'être seule avec moi.

Marthe s'en va, lentement, lentement. Dans sa façon de marcher, dans la courbe de son dos, tout le long de sa silhouette, il y a je ne sais quoi de résigné, de soumis, de faible, de misérable. Une pitié me serre le cœur. Si encore elle avait protesté, si elle avait fait preuve d'un peu de volonté, opposé une résistance ! Si elle nous avait raillés ! Mais non. Elle m'a simplement obéi. Elle a répondu à ma brutalité par de la douceur. Quelles larmes cuisantes doivent trembler à ses yeux ! Car elle sait bien pourquoi je lui ai dit de nous laisser seuls. Elle sait bien ce qui m'attire là-haut, à ce Sokori. Elle le sait. Pauvre être ! Mais un mot de Marie fait changer la direction de mes pensées, un mot, et quel mot, quand il est dit comme cela à voix basse, avec des yeux qui le font plus pressant ! Un mot, mais quel mot quand il a un sens secret, quand la voix qui le prononce tremble !

— Viens !

Elle me tire doucement le bras, dans le mouvement de m'entraîner là-haut, vers Sokori, dont le porche à l'ogive pointue a d'ici une forme mystérieuse qui attire. Sans plus rien dire, nous montons, Marie cramponnée à mon bras, nos mains nouées par tous les doigts. Le vent brûlant nous fouette. On dirait que c'est de là-haut, du porche de Sokori, qu'il sort, comme si c'était là dedans qu'il se formait. Nous sommes dans lui comme dans une matière tangible. Sa voix produit un sifflement de lanières auxquelles des mains violentes feraient décrire des cercles. Elle rôde, elle change de place, parfois elle tourne. Elle est devant nous, derrière. On a l'impression d'être poursuivi par quelqu'un d'invisible. Brusquement, elle sort des haies avec ce gémissement effilé du vent qui s'insinue sous les portes, court à travers les chambres vides ; puis, soudain, elle se tait. Et la chaleur du vent varie comme varie sa voix ; elle est tout à coup brûlante comme si l'on ouvrait la bouche d'un four, et tout à coup elle diminue. L'espace est plein de cette violence et de ce feu.

Nous gravissons la colline. De temps en temps, Marie me serre le bras un peu plus fort. De temps en temps, nous regardons ensemble Sokori ; après, nous nous regardons, de toute la force de nos yeux.

Encore quelques pas et nous y serons. Nous marchons, avec ce frisson que l'on a quand on est amants et qu'on approche de la chambre préparée, de la maison secrète dont on a la clef.

La route grimpe, monte à pic, tourne. Voici le plateau, voici Sokori, son petit mur, avec, aux quatre coins, ses pots de fleurs, sa chapelle, son entrée mystérieuse comme l'entrée d'un antre, son toit avec sa sainte Vierge pareille à un grand oiseau blanc qui va monter dans le ciel. Sokori ! jardin des morts, cimetière abandonné. Sokori ! chapelle enchantée, petit enclos plein de tombes et de tranquillité. Le vent, ici, sur ce sommet, souffle avec plus de véhémence que tout le long du sentier. Il est à ce point plus fort qu'il donne l'impression que l'on a lorsque, sortant de l'intérieur d'une tour, on se trouve sur la plate-forme. Il secoue l'espace, met dans l'air de tremblantes gazes bleues. Sa violence s'exerce partout, aussi bien ici que là-bas, au fond du paysage. Cela se devine à la poussière qui monte de la grande route, dont la ligne pâle va, d'un bout de pays à l'autre, jusqu'à ces monts lointains qui sont l'Espagne. Parfois, la poussière monte comme un brusque jet de fumée, mince, et

Elle savait que le seul nom de Sokori signifiait mon désir d'être tout près de sa voix.

tout à coup cassée en panache ; parfois, elle court sur la route, comme soulevée par quelque voiture rapide, puis se disperse, s'évanouit. Au coin du mur, à l'endroit où il forme un angle, là où l'on voit l'océan et la côte française, le vent souffle en courant d'air, comme à un carrefour de rues, avec un sifflement âpre.

Nous gravissons le petit escalier ; et, le mur franchi, l'autre escalier descendu, nous voici sur l'espèce de seuil qui est un disque de pierre, nous voici à Sokori. Étrange impression que d'être dans ce jardin en vue de partout, qui est comme une couronne posée sur la colline ! Lui aussi est au pouvoir de la tempête. Il est au milieu du vent. Le vent l'entoure, l'assaille de tous les côtés, couche et redresse les branches de ses arbres ; et sa chapelle, avec son entrée basse et pointue, son toit de chaumière, est encore plus mystérieuse au milieu de ces voix en colère, de ces arbres aux gestes de folie.

Et les voici, le petit porche si cher à ma mémoire, le petit vestibule à la forme de grotte, le banc où pour la première fois j'ai senti trembler contre mes lèvres les lèvres de Marie, s'accorder le frisson de ses mains à l'étreinte de mes doigts ! C'est ce souvenir doux et violent qui nous faisait silencieux tout le long du chemin. Il est dans nos yeux, dans notre hésitation à parler. C'est lui qui entrait dans notre cœur quand, tout à l'heure, à Urrugne, je disais à Marie : « Allons ! » et qu'instantanément elle devenait docile. Elle savait bien que dans ma bouche le seul nom de Sokori signifiait mon désir de tenir ses mains, de la toucher, d'être tout près de sa voix. Nous sommes à Sokori, maintenant ; mais nous n'entrons pas tout de suite. Une hésitation, une sorte de timidité nous retient.

Nous passons devant. Nous rôdons autour. Elle est là, la chapelle. Nous la sentons comme l'on sent la fixité d'un regard. Elle exerce sur nous l'attirance d'un geste secret. Nous marchons au hasard, du portail au mur qui regarde l'Espagne, du mur au petit escalier de bateau. Mais nos yeux se rencontrent et regardent en même temps le petit porche. Alors, obéissant au magnétisme de ces murs, nous ne résistons plus, nous entrons.

— Dégantez-moi, voulez-vous ?

Marie est sur le banc de pierre, dans le coin. Je suis à ses pieds. Avec quel geste elle me tend ses mains, quel geste qui me fait son maître !

Ses mains nues, elle ajoute, avec mélancolie :

— Certes, vous m'aimez, vous !

Ces mots, dits ainsi, me font peur. Il me semble que dans le ton de sa voix il y a comme une crainte de ne pas mériter mon adoration. Soit qu'elle ait deviné mon anxiété, soit simplement par spontanéité, elle met ses mains à mes tempes, et, par une pression lente, mais ferme, m'appuie la tête contre ses genoux.

Comme elle a bien trouvé le remède, la magicienne, si elle a voulu chasser mon malaise! Immédiatement, je sens s'abolir en moi la faculté de penser, de réfléchir, d'analyser. Mon cerveau s'engourdit dans l'espèce de nuit qu'a faite en moi cette caresse. Une volupté sourde me glisse tout le long des veines.

— Es-tu bien comme cela ?

Ses mains quittent mes tempes, doucement, se rejoignent sur mon front, restent là, adhérentes par les pointes des doigts.

— Et ainsi ?

Les mains descendent à mes yeux, les couvrent de leur bandeau tiède.

— Et comme cela ?

Par un autre mouvement, qui est une caresse sinueuse, elles remontent à mes tempes, remontent encore plus haut, se rejoignent, me serrent la tête de toute la force de leur paume et de leurs doigts.

— N'est-ce pas que tu es bien ainsi ? Fais-moi signe que oui ?

Et sa voix, pour dire ces mots a une intonation câline qui va bien avec sa tête infléchie un peu à gauche.

Le vent court à travers le jardin, ploie les arbres ; mais ici il ne pénètre pas, n'a pas de prise sur le silence. Il est profond. Seuls l'interrompent de temps en temps le petit crépitement de la veilleuse brûlant devant l'autel, et, venant d'on ne sait quel point de l'étroite chapelle, un geignement sourd de bois qui travaille.

— Ferme les yeux !

Elle m'appuie ses pouces sur les paupières, comme pour les sceller, les clore.

— Ne les ouvre pas, veux-tu ? Laisse-les comme cela, bien fermés.

J'attends. Je sens que Marie se penche sur moi. J'ai l'impression qu'elle promène sur mes cils l'hésitation d'un baiser.

— Ne les ouvre pas ; et écoute, écoute, écoute.

Sa voix se rapproche tout à coup de ma bouche, se fait basse, basse, comme pour une confidence.

— Écoute. Devines-tu ce que je veux ? Devines-tu ?

En même temps que la voix se tait, je sens ses lèvres descendre lentement jusqu'à mes lèvres. Combien de temps restons-nous ainsi ? Une tristesse m'envahit soudain. Elle apparaît sans doute, car Marie me dit aussitôt :

— Qu'as-tu ? Tu as quelque chose ?

— Puisque tu devines, je te dirai la vérité : oui, j'ai peur que tu ne sois pas toujours ainsi, qu'un jour peut-être tu ne m'aimes plus !

— Tais-toi !

— J'ai peur. Tu es si changeante ! Vois, hier, ta confession. Aujourd'hui, tu ne t'en souvenais plus. C'était sorti de ta mémoire, c'était envolé de ton cœur !

— Tais-toi !

— J'aime tant quand tu as de la peine comme hier ! Il me semble que le chagrin te rapproche de moi, te pousse à te blottir contre mon amour, à te réfugier en moi.

— Non, je t'assure. Je t'aime mieux que cela. Je t'aime autant que tu m'aimes.

— Alors, tu sais mon rêve, ne plus nous quitter, vivre toute la vie ensemble, nous marier.

— Je ne t'ai pas dit non, au contraire. Si je ne t'en ai plus parlé, c'est qu'il faut réfléchir. Il faut que tu saches si ton amour est assez fort pour durer toute la vie. Il faut que tu me connaisses bien. il faut que je te connaisse bien. Crois-moi, crois-moi : par raison, il faut attendre encore.

— Ah ! tu vois !...

Elle me ferme la bouche avec ses mains. Elle m'attire contre elle, me courbe la tête.

Une fois encore s'abolit en moi la faculté de penser. Tout disparaît de mon cerveau : la peur de la fragilité de son amour, de l'insaisissabilité de son âme. Tout s'efface, les anxiétés, les inquiétudes, tout. Je ne vis que dans le présent immédiat, dans la seconde qui s'en va. Je n'ai plus pour indice de mon existence que la sensation de ce corps contre mon corps. Il me semble que mon sang subit une accélération. Ma volonté s'obscurcit, disparaît, cède à la pression de je ne sais quelle force qui me fait mettre les mains aux épaules de Marie, qui me fait lui dire, la voix tout contre ses lèvres, en la regardant comme si c'était plus ses yeux que sa bouche qui devaient répondre :

— Je t'aime, ah ! je t'aime !

Par un mouvement rapide, elle échappe à l'étreinte de mes mains, elle se cramponne à moi de toute la force de ses bras, mais avec une ardeur étrange, avec un tremblement de peur; et ses yeux sont hagards, dilatés comme par l'effroi de quelque péril pressenti et redouté.

— Écoute, lui dis-je encore, écoute-moi bien. Je te demande de venir chez moi, à *La Chaumière*, demain, le soir, afin d'être un peu avec toi avant ton départ. Je veux que tu voies la petite maison que nous habiterons quand nous serons ensemble pour toujours. Je veux que tu y viennes le soir, parce qu'il est bien plus doux le soir de se blottir l'un contre l'autre. Je te sentirai encore plus près de moi qu'ici, parce qu'il fera nuit et que nous nous dirons que toutes les maisons d'alentour sont fermées.

D'autres mots plus brûlants montent à mes lèvres. Mais je suis assez maître de ma fièvre pour avoir la force de me taire.

Marie se serre contre moi avec plus de force; et de cette voix sourde que l'on a quand on rougit, elle me dit :

— Je serais venue te trouver de moi-même, sans que tu me le demandes. Oui, de moi-même, je serais venue. Oh ! dis-moi que ce

Ses yeux sont dilatés comme par l'effroi de quelque péril.

n'est pas mal. Aime-moi. Plains-moi ! Je ne sais plus ce que je fais. Aime-moi.

Nous sommes dans notre fièvre comme dans une tourmente. Elle nous enveloppe. Le cou dans mes bras, Marie soupire :

— Ah ! ce Sokori ! Il m'attirait et m'effrayait. J'en avais peur. J'avais raison d'en avoir peur.

— Demain, à six heures, lui dis-je, quand il fera nuit, je t'attendrai dans ma maison, où tu es venue un matin, souviens-toi. Par précaution, tu passeras par la brèche de la haie qui est au fond du jardin. A six heures.

Voici le crépuscule. Ici, on est au centre du soir. Le vent est tombé. L'immense voix s'est tue. Il vient de la paix des quatre côtés de l'espace. Les arbres de Sokori ont repris leurs formes tranquilles. Çà et là, des troncs, des branches reçoivent un dernier rayon de soleil, tellement mais tellement sourd, qu'il a l'air d'être le reflet de l'arbre même, comme si son écorce avait une propriété lumineuse. Au loin, on ne sait où, au fond du silence, tremble la sonnaille de quelque chèvre égarée.

VIII

Je suis dans mon jardin. Elle va venir. Il fait ce silence, cette obscurité, ce temps mou qui précèdent la pluie. Le silence et l'obscurité ne sont absolus que ces soirs-là par ce temps.

Nul bruit. Ni l'enclume, ni la moindre chanson de passant, ni aboiement. Les choses, les êtres, les éléments se taisent.

Dans ce noir épais, sous les branches lourdes, avec sa porte basse et pointue comme une porte de cloître, indiquée seulement par une raie de lumière qui sort d'un contrevent entre-bâillé, ma maisonnette, longue et sans étages, a un air extrêmement secret.

L'attente m'énerve d'autant plus que j'ignore l'heure qu'il est exactement. Tout ce que je sais, c'est que six heures ne sont pas loin. Ce peut être dans quelques minutes, dans moins que cela, tout de suite ; et pas de cadran sur lequel je puisse suivre la marche de l'aiguille vers l'heure. Je ne saurai qu'il est six heures que quand six heures sonneront, pas une seconde avant. Cette attente de la sonnerie est comme l'impression de quelque chose au-dessus de ma tête, que je ne verrais pas, qui pourrait tomber d'un moment à l'autre, qui me tiendrait haletant.

Marie va venir !

L'attente est un plaisir tel que, tout en souhaitant qu'elle finisse, je regrette les secondes qui la diminuent.

Il y a un endroit de l'obscurité qui me fait battre le cœur quand je le fixe : c'est, au fond de mon jardin, cette brèche de la haie par où elle doit passer. Marie peut y apparaître d'un moment à l'autre. À trop regarder le vide que fait cette brèche dans cette haie, j'ai de l'hallucination : il me semble que Marie vient de surgir tout à coup, reste là, attend que je m'avance vers elle.

Je vais, je viens. De temps en temps, je m'arrête. Et de même qu'il me semble voir Marie, il me semble que je l'entends, que je perçois le frôlement de sa jupe dans l'herbe. Alors, je reste là, immobile, l'ouïe enfiévrée.

Mais six heures sonnent. Cette fois, je ne rêve pas. Les sons tombent un à un, se répandent dans l'air en nappes sonores. Instantanément, comme si, cachée derrière la haie, elle eût guetté le coup de l'heure, Marie apparaît. Ensemble, nous nous avançons l'un vers l'autre.

— Vous voilà !

— Il me tardait d'être chez vous, j'avais si peur dans la nuit !

Nous nous disons « vous », d'instinct, parce que nous éprouvons une sorte d'embarras à nous trouver seuls, dans cet endroit secret, devant cette porte entre-bâillée d'où sort une étroite raie de clarté.

Nous faisons quelques pas sans rien dire, puis nous nous arrêtons au pied de l'escalier qui mène à la raie de lumière. Nous sommes près de l'arbre étrange que Marie, un matin d'il y a longtemps déjà, s'était amusée à dépouiller de son écorce. Le jardin sommeille. L'ombre et le silence sont profonds, et l'on sent que c'est ainsi très loin, sur une énorme étendue. On se trouve plus seuls en pensant qu'à cette heure chacun est enfermé chez soi.

Marie est couverte d'un manteau dont elle a rabattu le capuchon très bas jusqu'aux sourcils. Rien de sa forme ne se devine. Et je trouve que c'est plus voluptueux. Je sais que sous cette étoffe sans élégance il y a ses cheveux, sa voix, ses yeux, ses mains, tout ce qui compose Marie. Vêtue de ce manteau qui ne révèle rien, elle a un prestige de plus.

La petite raie de lumière nous émeut. Elle est comme un imperceptible geste d'appel, comme un œil qui ferait signe ; elle est comme le sentier discret qui conduit à la chambre.

— Touchez ! me dit Marie, en m'abandonnant ses mains et en se serrant contre moi, dans un mouvement de peur.

Elles sont froides, elles frissonnent.

— Devinez-vous, me dit-elle, devinez-vous ce qui les fait trembler ?

Je serre Marie dans mes bras. Ensemble, nous regardons la maison fermée, la mince ligne lumineuse. Et ce regard simultané a une répercussion en nos âmes, comme en un point sensible qui serait commun à l'un et à l'autre ; il nous donne ce frisson que l'on a quand tout à coup les pensées se joignent.

Sur le moment, nous ne disons rien. Le silence entre nous est plein du plaisir que nous éprouvons à savourer notre intuition. Nous nous retenons de parler comme si nous avions peur que la moindre parole ne dérangeât le charme.

Je serre les bras de Marie, je remonte à son cou, je touche la pointe de son capuchon, je sens sous la laine la forme de la tête et la molle épaisseur des cheveux.

La maison est tout près, avec un air de nous attendre. Ni Marie ni moi n'osons dire la parole qui nous fera bouger, monter le perron, pousser la porte.

Tout à coup, un peu de vent se lève. En même temps, le bruit de la mer arrive jusqu'à nous, sourd, continu, égal, éternel, pareil au grondement d'un torrent lointain. Au-dessus de nos têtes, une feuille, la seule, de l'arbre à l'écorce étrange, se met à trembler.

— Je n'avais pas vu que nous étions sous l'arbre à peau humaine, me dit Marie. Regardez, il n'a plus de feuilles, plus que celle-ci. Ah ! c'est l'automne !

Ce mot d' « automne » nous fait frémir. Tout contribue à nous rendre plus sensible l'émotion qui est en nous : l'endroit, la solitude, la nuit, et ce petit vent avec sa voix inquiétante. . .

La raie de lumière brille.

— Marie, si nous entrions ?

Il m'a semblé que ma voix tremblerait si je lui disais tout simplement : « Venez ». Je ne sais plus trop ce que je dis. J'ai un peu de vertige.

Elle ne répond rien ; mais elle s'appuie à mon bras, de toutes ses forces. Nous gravissons les marches. En haut du perron, Marie s'arrête indécise.

Nous sommes au bord de la raie lumineuse. Elle nous intimide, elle est comme le regard de la maison.

— Entrons ! me dit Marie. Entrons ! répète-t-elle, de cette voix saccadée que l'on a pour se donner du courage, quand on a peur et que l'on veut réagir.

Je laisse passer Marie, je referme la porte sur nous, ramenant ainsi à moi la raie de lumière. Le bruit de la porte fermée, du verrou tiré, nous fait plus seuls, rend extrême notre sensation de tête-à-tête.

Elle s'est assise au fond du salon, en face d'une tapisserie relevée qui sert de porte à ma chambre. Les mains croisées sur ses genoux, enveloppée dans ce manteau noir à capuchon pointu, le visage immobile, elle a l'air d'une nonne à l'église. Quatre flammes de bougie coiffées d'abat-jour répandent une lueur basse qui va bien avec le silence de mon petit salon capitonné, avec son plafond légèrement arrondi en plafond d'oratoire.

Quand sonne enfin l'heure redoutée et enviée, quand, pour la réaliser, il a fallu s'échapper, tromper des surveillances, s'entourer de mensonges et de mystère, quand on est enfin au lieu choisi et que c'est une maison seule au milieu des arbres, du silence et de la nuit ; quand le dernier verrou de la dernière porte est tiré, quand l'émotion d'être ensemble s'augmente de tout cela, d'abord on ne se dit rien de ce que l'on s'était promis de se dire.

Marie est là. Je suis à ses genoux. Un cercle voluptueux, lentement, nous enveloppe. Elle ne bouge pas ; mais ses yeux brillent et je vois battre les artères à ses tempes.

— Il fait chaud, dit-elle au bout d'un moment, sans que cette réflexion soit justifiée.

En même temps, elle pose les doigts sur les boutonnières de son manteau, puis reste immobile, la main dans un geste en suspens qui m'invite à continuer.

Je touche la boutonnière à laquelle est accrochée sa main. Lentement, j'ouvre le manteau ; et à chaque petit bruit mat et feutré que fait le bouton en sortant du drap, les yeux de Marie s'éclairent d'une lueur rapide provoquée par le frisson qu'elle éprouve à sentir que ces boutonnières défaites me rapprochent de son corps. Nos regards se rencontrent, elle voit que je l'ai devinée.

— Aidez-moi à l'enlever, me dit-elle, en cambrant un peu les reins.

Elle-même ôte le capuchon, doucement, pour ne pas défaire ses cheveux. Le manteau glisse, tombe. Elle est tout de suite une autre. Elle est Marie, c'est-à-dire la forme que je ne puis voir, à laquelle je ne puis penser sans m'attendrir. Ma mémoire tressaille. Elle a ce costume bleu qu'elle portait le matin où elle m'apparut sur la terrasse du Casino. Elle est telle que mon imagination se la représente dans la fièvre des nuits ; elle est sous celui de ses aspects qui me rend le plus amoureux. Ses cheveux sont tordus sur la nuque en gros nœuds ; sur le front, ils forment des petites boucles bien rondes, qui tremblent comme si elles étaient retenues par un fil ; et leur couleur, qui est celle du sable au soleil, se fond doucement à son corsage, qui a la teinte et la forme d'un costume de bal. C'est ainsi, en vision blonde, comme coiffée d'une vapeur dorée, qu'elle passe dans ma mémoire quand, pour me recueillir, je fais la nuit dans ma tête en mettant mes mains sur mes yeux. Les autres aspects où elle est moins jolie, je ne les revois jamais, que je le veuille ou non. Miracle, cette sorte d'idéalisation du souvenir, qui fait que l'être que nous aimons ne se présente à notre mémoire qu'avec les expressions, les gestes, la voix qui nous ont le plus ravi.

Je reste à ses pieds. Je me plais dans cette attitude parce qu'elle oblige Marie à me regarder de haut en bas ; et je trouve aux regards qui descendent quelque chose de doux et surtout de pénétrant que les autres regards n'ont pas.

— Mets tes mains là, me dit-elle, en m'indiquant l'endroit nu de son cou, et à voix basse, d'une façon hésitante, comme si elle n'osait pas trop me demander cela.

— Mets-les là.

En même temps, elle ferme les yeux avec une lenteur recueillie.

Tout d'abord, je ne bouge pas, afin de

prolonger l'expression que met cette attente sur son visage. Mais, impatiente, elle me prend les mains et s'en couvre la poitrine. Quelque chose de rapide tire ses traits, étend sur son front une sorte d'ombre.

— Reste comme cela, ajoute-t-elle, reste comme cela.

J'aime tant Marie en ce moment que je voudrais pouvoir lui dire quelque chose dont elle se souvînt toujours, qu'elle trouvât toujours un plaisir aigu à se répéter. Puis, tout à coup, un amer chagrin m'assaille en pensant à ce soir, quand, revenu de la reconduire, j'aurai fermé ma maison et que j'entrerai dans mon petit salon. Quelle tristesse lorsque je verrai vide cette chaise où elle est en ce moment, et ma lampe sans le halo doré que forment ses cheveux ! Le pâtre mon domestique étant déjà parti, personne n'aura touché au léger désordre que nous aurons fait. La chaise posée un peu de travers dessinera cette attitude de penchée de Marie qui lui donne l'air de m'écouter avec tout son corps. Sur le coussin, les deux faibles empreintes de ses pieds seront encore visibles. Le parfum de sa robe persistera dans l'atmosphère de mon petit salon comme persiste un dernier écho. Les bougies seront basses. Peu de temps se sera écoulé, mais elle sera partie !

Je me lève, je m'assieds.

— Sais-tu, lui dis-je, que je ne vois plus la vie sans toi ? Il faut maintenant que tu sois près de moi toujours. Il faut que je sois dans l'air que tu respires, dans les sons ou dans le silence que tu écoutes, dans le paysage que tu regardes, il faut que tout ce qui t'enveloppe m'enveloppe. Je sens que si tu me quittais ma vie se couvrirait d'ombre.

— Comme tu m'aimes ! me dit-elle.

— Je t'aime surtout lorsque tu es comme à présent. Tes yeux sont attentifs à tout ce que je te dis. Il y a quelque chose de tendre dans la façon dont tu es penchée sur ma voix. Tu m'aimes en ce moment, mais qui me dit que, tout à l'heure, quand tu auras quitté ma maison, quand tu seras rentrée chez toi, qui me dit que tu ne m'aimeras pas un peu moins ! Moi, mon amour est aussi fort le lendemain que la veille, tandis que ton cœur a des ardeurs et des langueurs. Je sais que tu n'y peux rien ; mais j'en souffre. Tu n'es jamais la même. On dirait qu'il y a en toi, tour à tour, un passant mystérieux qui allume quelque chose, et un autre passant mystérieux qui vient l'éteindre aussitôt.

— Que dis-tu, que dis-tu ! s'écrie-t-elle, la voix tout à coup forte, la taille droite.

Puis elle ajoute, plus bas :

— Oui, oui, je sais. Tu as souffert et tu souffres par moi. Pour toi, je suis le caprice. Mais c'est ton imagination qui fait tout le mal. Parce que mes gestes sont animés, parce que mon visage est gai, parce que mes paroles sont souvent futiles, tu t'imagines que mon cœur est selon mes gestes, selon mes paroles. Si tu savais comme mon âme est grave souvent parce que je t'aime ! Crois-tu que si je ne t'aimais pas je serais allée si souvent à toi ? Crois-tu que j'aurais fait ce que j'ai fait ce soir, que je serais ici, chez toi, comme j'y suis ? Penses-tu à ce que je risque ? Penses-tu à tous les mensonges que j'ai été obligée de combiner pour ne pas éveiller l'attention de Marthe et de mon père ? Et tout à l'heure, quand je vais rentrer, penses-tu à l'effort que je devrai faire pour surveiller mon visage, mes paroles, pour ne pas me trahir ? Crois-tu que je t'aime maintenant, le crois-tu, mon ami ?

« Mon ami » ! Toute sa sincérité vient de passer sur ces deux mots, dans la façon dont elle les a dits, dans la douceur qui a détendu sa voix. Enveloppés de cette intonation, ils provoquent en moi ce sursaut délicieux que suscitent certaines phrases des musiques voluptueuses. J'ai envie de lui parler, de lui prendre les mains ; le plaisir de l'entendre continuer m'en empêche.

— Ne t'ai-je pas donné la preuve suprême, me dit-elle encore, en acceptant d'être ta femme ? Crois-tu que j'y ai consenti à la légère, et sans avoir longuement interrogé mon cœur ? Tu t'es dit peut-être que c'était la première fois que l'on me demandait, qu'alors j'avais accepté au hasard, par désir de vite fixer ma vie, de saisir l'occasion. Sais-tu si je ne t'ai pas choisi entre beaucoup d'autres ? Tu vas sourire si j'affirme que ces airs que j'avais d'être loin de toi, et qui t'inquiétaient tant, n'avaient pas la signification que tu leur attribuais ! C'est avec ces airs-là, pourtant, que je pensais le plus à toi, à la parole que je t'avais donnée un soir au Casino. Je n'étais tour à tour triste et gaie que parce que j'étais soucieuse, parce que je me demandais si tu m'aimais assez, si je t'aimais assez pour vivre toute la vie à côté de toi, car je voulais être bien sûre que nous nous aimions assez ! C'est cela, tu peux me croire, c'est tout cela, toutes ces réflexions, toutes ses incertitudes, qu'il y avait derrière mes yeux changeants, qui ne t'auraient pas tourmenté si tu avais su! Et maintenant!...

Marie reste quelques secondes la voix en suspens, tout son corps tendu dans cette pause contractée qui précède les paroles importantes.

— Et maintenant, reprend-elle, j'ai acquis la certitude que je ne pourrais plus me passer de toi. Tu me disais tout à l'heure que ta vie se couvrirait d'ombre si je te quittais; moi aussi, j'éprouve la même impression quand je me mets à imaginer cela : le présent et l'avenir sans toi. Je serai ta femme. Me crois-tu, cette fois? me crois-tu?

Vertu de la passion! Elle donne à la figure de Marie un air que je ne lui connaissais pas. Certes, l'ardeur qu'elle a mise en elle lui déforme le passé. Elle le voit avec des yeux d'illuminée. Tout ce qu'elle m'a fait souffrir, reste au bord de sa mémoire, n'y pénètre plus, est refoulé par la force nouvelle qui l'habite. Puis, qui sait! elle éprouve peut-être une sorte de pudeur à avouer ces instants qui font des points douloureux dans mon souvenir! Coquette, capricieuse, elle l'a été : mais que m'importe aujourd'hui qu'elle est telle que je l'avais souhaitée, que m'importe! puisqu'elle est arrivée à l'heure de sa vie où je devais la fixer, où nos deux destinées viennent de se toucher!

Je voudrais lui dire l'allégresse de mon cœur. Les mots me manquent. Je n'ai d'autres moyens d'expression qu'un mouvement des bras vers elle, ce geste ouvert et en avant que l'on a dans la gratitude et dans l'enthousiasme.

— Je sais, je sais, me dit-elle. Tu me crois, maintenant. Ne cherche pas de mots. Ne dis rien. Ma pensée te pénètre aussi aisément que mes yeux pénètrent ton regard.

Alors je sens se dénouer le silence qui me serrait la gorge.

— Comme c'est doux, lui dis-je, ce moment-ci!

Je m'approche d'elle. Une main à sa taille, je lui parle tout bas, dans le cou. Je regarde mon bonheur avec une joie éblouie. Il a un centre, un point précis : le mariage. Mais, presque immédiatement, l'éternelle inquiétude qui veille en moi me suggère des difficultés, des empêchements, peut-être. Si cela était, pourtant! Que deviendrais-je avec mon rêve brisé! Toute ma vie sans elle! Quelle route noire!

— Nous parlons de nous marier, lui dis-je, nous échangeons des promesses; mais j'ai peur que nous n'agissions à la légère. Il y a M. Villiers. Sait-il? voudra-t-il ? Puis, as-tu pensé qu'il y a peut-être des choses qui n'ont aucun rapport avec notre cœur, mais qui pourraient être des obstacles?

Elle me prend les mains, avec ce geste franc que l'on a lorsqu'on veut tranquilliser quelqu'un. Ce mouvement, sa forme droite en quelque sorte, me rassurent. Je sens que Marie a tout réfléchi, tout pesé.

— De questions à envisager, me répond-elle, il y a d'abord celle qui est purement matérielle. Or, nos situations sont égales; par conséquent, de ce côté, point d'obstacle. Ensuite, il y a mon père. En effet, je ne lui ai pas parlé de l'affection que tu as pour moi; mais il l'a devinée. Je ne lui ai soufflé mot non plus de mariage; mais il pressent notre intention. Et, comme il a beaucoup d'estime pour toi, il nous l'a dit souvent, plus même que de l'estime, une sympathie très affectueuse, sa réponse, je le sais, sera un consentement.

— Mais quand saurons-nous, quand ?

— Voici. Nous partons après-demain pour Nantes. Rassure-toi, notre absence ne sera pas longue. Un mois au plus. D'ailleurs, ce séjour à la maison sera une très bonne chose. Je serai seule entre mon père et Marthe. Personne n'étant rentré à cette époque, nous n'aurons ni visites, ni réceptions. Je serai donc très à l'aise pour parler de notre grand projet. Après ce mois de Nantes, nous partirons pour l'Espagne, que nous devons visiter. En passant à Saint-Jean-de-Luz, nous nous y arrêterons une semaine ou deux. C'est alors que je t'apporterai la grande nouvelle, qui sera, j'en suis sûre, une grande bonne nouvelle. Es-tu heureux?

Elle avance la tête vers moi, comme pour me donner ses yeux à regarder; puis, ses mains tremblent, parce qu'elles me serrent plus fort.

— Heureux!... eh! bien, dis-je, pas tout à fait. Il faut pour cela que tu me promettes, que tu m'accordes quelque chose.

— Mais avant d'accorder, je veux savoir de quoi il s'agit.

— Oh! c'est un rien, mais un rien qui me fera plaisir.

— Je veux savoir avant de promettre.

— Eh! bien, voilà. Je voudrais que la

grande nouvelle, tu vinsses me l'annoncer ici, à la même heure, le soir.

— Je ne demanderais pas mieux. Mais pense à toutes les difficultés qu'une telle escapade représente pour moi, à tous ses dangers.

— Fais un effort, promets-moi. Il me semble que cela me portera bonheur d'apprendre la grande nouvelle ici, dans cette maison que tu aimes et que j'aime. Puis, je veux encore connaître ce plaisir : t'attendre dans mon jardin, le soir; sentir, à mon cœur qui bat plus fort, que l'heure de ta venue approche.

— Enjôleur ! tu me fais céder. Mais à quoi tu m'exposes ! Puis, j'y pense, comment saurai-je que tu m'attends? Comment connaîtrai-je le jour ?

— Rien de plus simple. Dès ton arrivée à Saint-Jean-de-Luz, tu m'annonces ton retour par un mot ; et je t'écris pour te fixer le jour bienheureux. Est-ce convenu?

Elle me regarde, et, dans un murmure :

— Oui.

A l'instant, nous nous sentons gênés de n'avoir plus rien à nous dire, d'être seuls dans cette maison que le soir et les arbres font plus secrète.

Quelque chose nous ressaisit, cette fièvre qui, dans le jardin, nous faisait baisser les yeux quand nous voulions essayer de regarder la porte. Nos paroles l'avaient dissipée. Maintenant que nous nous sommes tus, elle revient, et plus insinuante; elle nous met plus face à face. Nous évitons de nous regarder, mais nous nous sentons adhérents par notre silence. La rareté des bruits, la forme des objets qui nous environnent ne font que nous contraindre à subir davantage le vertige. Les flammes des bougies brûlent droites. Les draperies des portes de ma chambre et du jardin ont l'aspect muet et épais de tentures qui défendraient des salles mystérieuses. Et pas de sons, rien que le tic-tac d'une grosse horloge dans la pièce voisine, rien que son bruit balancé. Je me lève, je fais quelques pas, je vais me rasseoir sur le divan. Mais je n'avais pas pris garde à la profondeur de ses coussins, à l'odeur moelleuse de sa fourrure, à l'obscurité que gardent les tentures de son vélum. Je ne pensais plus qu'il est imprudent de respirer certaines senteurs, de s'étendre sur des étoffes douces quand, tout près, une respiration de femme gonfle et dégonfle le silence.

J'appelle Marie, d'un geste. Je n'ai pas osé lui dire : « Viens ! » Mais elle a compris.

Pas un mot. Elle se lève. Elle regarde à droite et à gauche, comme si elle se sentait observée. Elle s'avance vers moi. Elle s'arrête, avec une hésitation hagarde; puis, ses yeux se détendent. quelque chose de vaincu passe sur ses épaules, et elle s'assied près de moi, en me remettant ses mains glacées.

Nous fermons les yeux en même temps. Pourquoi? Pour ne pas voir l'abîme ou pour mieux goûter le bonheur mortel de nous y perdre ensemble ? Elle ne bronche pas. Les pointes de ses doigts meurtrissent ma chair. Dans la frénésie de ses mains, il y a de l'étreinte et de la peur. Minute la plus haute de ma vie, et dont le souvenir me fera pleurer s'il atteint ma mémoire au moment de mourir !

Aux forces aveugles qui m'entraînent, seule résiste en moi une force clairvoyante : la peur du sacrilège. J'ouvre les yeux, je regarde Marie, comme si mon hésitation allait cesser. Au contraire, à la contempler, le combat prend plus d'intensité. Quelle soumission dans tout son être ! Quel renoncement à lutter dans ses mains abandonnées aux miennes! Elle ne parle pas. A quoi bon ! Je l'entends si bien penser dans la nuit de ses yeux fermés : « Quoi qu'il fasse de moi, je lui dirai : Je t'aime ! » A respirer Marie, ma fièvre augmente. Quand je pense que c'est Marie, cet être qui a sur la poitrine le nœud de mes bras, Marie, c'est-à-dire celle dont l'image est fixée au milieu de mes nuits, je me demande si je suis dans la réalité. Ah! qu'elle est désirable ainsi ! Comme son buste renversé dit bien ses résistances fléchies ! Et ce battement de paupières que lui fait l'énervement de sentir sur elle ma volonté suspendue! Mon hésitation est à l'extrême limite quand je me dis que, ce secret qu'est la personne de Marie, il est en mon pouvoir qu'il ne soit plus un secret. Mais, brusquement, je me lève. Non, je ne la prendrai pas! Quel brisement ce serait après pour moi de penser que j'aurais agi en maître, qu'elle serait sortie de ma maison, humiliée, triste comme une esclave !

... La porte est ouverte. Marie est devant la nuit. Elle va s'en aller. Le vent est complètement tombé. L'unique feuille de l'arbre à l'écorce étrange se balance un peu, comme un gant, comme une main coupée qu'on aurait pendue là.

IX

Dimanche, à la tombée du jour. Dimanche, à l'heure où sur les places de villages s'attardent encore des groupes que le soir va disperser.

Marie est revenue. Je lui ai écrit comme c'était convenu, et je l'attends.

Dimanche, à l'heure où dans les villages on ferme les maisons, à l'heure où chacun rentre chez soi. Le jour commence à faiblir. Les lampes des cidreries font sur les pavés des carrés lumineux. C'est le seul éclairage de la petite place. Dans les auberges, des hommes assis, serrés les uns contre les autres, chantent, inlassablement, des airs graves et berceurs, dans lesquels il y a des vêpres et de la nostalgie. De temps en temps, un accordéon les accompagne. Rien ne va mieux avec ce pays que cet instrument doux et lent, au son nasillard d'harmonium. Douceur de l'accordéon les soirs de dimanche, dans les auberges, quand les buveurs commencent à s'assoupir, quand la fatigue fait leurs gestes moins vifs, leurs voix moins fermes! Celui que j'entends en ce moment est tenu par un jeune homme. Sous ses doigts, le soufflet de cuir s'allonge et se rapetisse, sort et rentre, se contourne, telle une énorme chenille ; et le son a la sinuosité du mouvement. Sa douceur enveloppe la voix des hommes, la veloute, caresse la nuit, met du rêve et de l'Espagne dans la tête.

Six notes se détachent de l'horloge. Six heures! Instantanément, je sursaute, anxieux, craignant d'être en retard. En quelques pas, je suis chez moi.

Dans le jardin, personne. Pour patienter, je me promène de long en large. Elle va venir ! Je m'arrête, je me répète ces trois mots plusieurs fois. Cela me semble impossible, comme un trop fort bonheur. Je pense à l'avenir, à notre mariage ; mais ces deux points, pourtant brillants, perdent de leur fascination devant l'idée que bientôt je l'entendrai, je la toucherai.

J'entre dans mon salon. Je laisse la porte-fenêtre entre-bâillée, afin que Marie devine à la raie de lumière que je suis là. Je surveille le silence, j'épie la seconde où elle va frapper au contrevent. Au moment où je m'y attends le moins, la porte s'ouvre.

Le chapeau, l'épaisse voilette... la voici. Son premier mouvement est de me tendre un carré de papier, une lettre ; puis la voix sort, changée, me semble-t-il.

— C'est moi, dit-elle sourdement, comme n'osant pas, c'est moi, Marthe.

Un à un, tels des coups, ces mots m'entrent dans la tête. Tout d'abord j'ai envie de m'en prendre à Marthe ; puis je saisis l'enveloppe, je la déchire en hâte, de travers, nerveusement comme on déchire une dépêche ; et, la lettre dépliée, je la parcours avant de la lire, pour en saisir l'atmosphère, je vais à la signature, à la formule de la fin, pour deviner tout de suite un peu. Je respire. Elle viendra dans une heure. Une raison imprévue la retient jusque-là. Quelle détente maintenant que je suis rassuré!

— Ce n'est rien, dis-je à Marthe, une alerte, simplement. J'avais peur qu'elle ne pût pas venir. Car vous devez être au courant, n'est-ce pas ? Nous devions nous voir à six heures, ici ; et j'apprends qu'elle n'arrivera qu'un peu plus tard. Vous le saviez. Elle vous l'aura dit, sans doute ?

Je répète cela au hasard, plusieurs fois, n'osant pas devant Marthe prononcer le mot de « rendez-vous » ; puis, gêné soudain de me trouver face à face avec elle, dans ma maison.

— En effet, je suis au courant, je sais vos projets, vos grands projets ; je savais aussi ce que contenait le billet que vous venez de lire. Marie m'avait bien recommandé de vous rassurer dans le cas où vous auriez été inquiet. Mais je vois que c'est inutile. Oh! vous auriez eu tort de vous tourmenter ; car ce n'est pas elle qui vous contrarierait!

Tout cela est dit lentement, avec une voix qui met de la douceur autour des mots et que rend mystérieuse l'épaisse voilette baissée jusqu'au menton. Il y a tant de bonté dans ces paroles, dans la façon de les dire, que j'ai de la peine d'avoir eu ce mouvement brusque quand Marthe est arrivée. Je voudrais m'excuser, mais cette voilette qui cache son visage m'empêche de parler, me donne l'impression d'embarras que l'on a quand on s'adresse à un aveugle.

— Maintenant que ma commission est faite, il ne me reste plus qu'à m'en aller, dit-elle, en cherchant ses mots.

Mais elle reste là, hésitante, voulant partir et ne sachant pas.

— Vous avez bien une minute. Rien ne vous presse. Asseyez-vous, lui dis-je, poussé par une sorte d'apitoiement que m'inspire son air humble.

Aucun bruit, aucune clarté ne pénètrent par la porte entre-bâillée. La nuit et le silence sont maintenant absolus.

Elle consent à s'asseoir. Elle me regarde fixement. Puis, que se passe-t-il? Vite, d'une voix ferme, obéissant au même effort de volonté qui lui fait redresser le buste et soulever un peu sa voilette :

— Ah ! il lui tardait, je vous assure, d'être à Saint-Jean-de-Luz ! Et ce facteur, l'a-t-elle assez attendu! Tout hier elle était nerveuse, parce qu'elle craignait de n'avoir pas votre lettre.

Ce changement d'attitude, cette voix tout à coup d'aplomb, me frappent. Mais le désir d'avoir des détails de la bouche de Marthe dissipe mon saisissement : puis, je me sens plus à l'aise pour la questionner, maintenant qu'elle a parlé la première.

— Elle était vraiment si impatiente que cela ?

— Au point d'avoir ouvert plusieurs fois la fenêtre pour voir si le facteur arrivait ; et cela devant notre père, qui pouvait tout deviner! Quelle folie, quand j'y pense, quelle folie!

— Est-ce bien vrai ? Tient-elle à moi tant que cela ?

— Mais vous le savez bien, qu'elle vous aime! Pourquoi, enfin, vous acharnez-vous à me demander sans cesse si elle vous aime? Pourquoi ?

Elle se tait. Soudain, elle se lève, et reste debout, les mains en avant, comme si elle cherchait un appui.

— Pourquoi? répète-t-elle, dans un cri qui a une intonation de colère, pourquoi?

Elle veut dire autre chose; mais le souffle lui manque. Elle fait un geste et retombe sur la chaise.

Si rapide a été la scène que, sur le moment, je ne pense qu'au danger qu'il y a de me trouver seul dans ma maison avec Marthe presque évanouie. Quel esclandre si elle ne pouvait pas rentrer chez elle! Que faire? Elle est renversée sur la chaise, la tête en arrière. Je m'approche, je la relève avec précaution, tremblant de la toucher, n'osant poser les mains sur elle.

— Qu'avez-vous, Marthe, je vous en prie, qu'avez-vous? lui dis-je doucement, presque à l'oreille.

Elle me fait signe de relever sa voilette. Lentement, comme si je touchais une plaie, j'enlève le voile; et son pauvre visage apparaît, pâle et tout baigné de pleurs.

— Parlez, Marthe, qu'avez-vous?

Elle ouvre les yeux, elle me regarde avec fixité, comme regardent les déments; puis, elle tombe à mes genoux et éclate en sanglots.

— Ah! j'ai fait tout ce que j'ai pu pour que vous ne sachiez jamais, jamais, que je vous aime. Tout à l'heure, je voulais m'en aller, parce que je sentais que seuls, dans cette maison, en face de vos yeux, l'aveu montait à mes lèvres. Mais vous m'avez dit de rester, et je suis restée, heureuse d'être là, trouvant un plaisir cruel à m'imaginer que c'était pour moi, le rendez-vous.

Les sanglots la secouent. Ah! il ne reste rien de son mouvement de colère, de ce ton que la jalousie avait mis dans sa voix. Elle n'est plus qu'une pauvre créature effondrée, à bout de volonté, à bout de lutte.

— Voyons, Marthe, il faut vous raisonner. Relevez-vous, asseyez-vous. Vous savez bien toute l'affection que je vous porte. Je suis là. Calmez-vous.

Je lui parle ainsi, au hasard, comme l'on parle à ces malades pour lesquels il n'y a plus d'espoir. Que puis-je pour elle, puisqu'elle m'aime et que je ne l'aime pas? Mais j'ai de la pitié. Puis, tout à coup, je me rappelle nettement la scène de Sokori, le jour de l'aveugle, quand elle a voulu nous accompagner, Marie et moi, et que je lui ai fait comprendre qu'elle nous gênerait. Je la revois quand elle s'en est retournée, je revois son dos qui avait quelque chose de si triste, je revois tout ce qu'il y avait de docile et de résigné dans sa façon de rebrousser chemin, de s'en revenir seule!

— Marthe, ma petite Marthe, vous me faites de la peine, je vous en prie, levez-vous.

Je me tais, ne sachant plus que lui dire. Alors des bruits me frappent : au loin, un chien aboie sans discontinuer. A un endroit qu'on ne peut préciser, quelqu'un siffle un air plaintif qui s'éloigne ; et je me représente le siffleur, les mains aux poches, s'en allant dans la nuit.

Accroupie à mes pieds, le visage sur mes genoux, les mains tordues comme par une convulsion, Marthe pousse des sanglots qui, de temps en temps, sortent avec plus de force.

— Marthe, je vous en supplie, levez-vous, asseyez-vous.

Ses pleurs cessent, mais elle ne répond pas. Je la prends par la taille, et doucement,

doucement, je m'efforce de la relever, de de l'étendre sur des coussins. Est-ce le contact de mes mains? Brusquement, elle frissonne et éclate de nouveau en sanglots.

— Ah! dit-elle, avec une voix qui veut passer à travers l'étouffement des larmes, moi qui me croyais forte, qui vivais avec mon secret, qui tenais mon silence dans ma volonté, qui surveillais mes yeux, ma voix, mon visage, moi qui craignais tant qu'ils ne me trahissent! Chaque jour, depuis longtemps, je voyais arriver la nuit avec bonheur, parce que la nuit je pouvais pleurer. Tant d'efforts pour aboutir à cet aveu! Ah! pourquoi ne m'avez-vous pas laissé partir tout à l'heure!

Les sanglots la secouent si violemment qu'elle ne peut plus parler. Je veux prendre ses mains, dont elle s'est couvert le visage; mais à peine les ai-je touchées qu'elle les remet obstinément sur ses yeux. Ce n'est qu'au bout de quelques instants, pendant lesquels je suis là, impuissant à la calmer, qu'elle retrouve un peu la voix. Et maintenant elle jette son silence, elle se débarrasse de son secret comme l'on se débarrasse d'un bandeau, elle se laisse aller au vertige de remonter le passé. Une sorte de désespoir semble la pousser à cette évocation.

— Laissez-moi vous répéter qu'il y a longtemps que je vous aime. Vous ne vous en doutiez pas. Pourtant, que de fois j'ai trem-

blé, croyant que vous alliez me deviner! Un matin, souvenez-vous, vous m'avez trouvée sur la plage. Elle était déserte. J'étais sur un banc. Sans doute mon air vous avait frappé, car vous m'avez demandé ce que j'avais. Je pensais à vous, je fermais les yeux pour mieux me représenter vos traits, pour mieux me rappeler le son de votre voix.

Les sanglots la secouent si violemment qu'elle ne peut plus parler.

Le jour de notre départ, au moment de monter dans le train, j'appuyais mes mains contre ma poitrine parce que j'avais mis dans mon corsage les fleurs que, la veille, vous m'aviez distraitement offertes. Cet été, au Casino, un matin sur la terrasse, quand mon père était venu me chercher parce que vous étiez là et que vous vouliez me saluer, je lui avais répondu que je rentrais, que j'étais souffrante : la vérité, c'est que, vous ayant vu, je sentais que j'allais tomber. Et l'après-midi de la promenade en bateau, quand Marie vous donnait les mains et que vous la regardiez! Et à Sokori, quand vous êtes montés tous les deux! Tant et tant d'autres fois j'ai frémi, croyant que vous alliez surprendre quelque chose à mon visage que je sentais pâlir, à mes mains que je sentais trembler! Ah! mon ami, vos joies et vos tristesses, je me disais qu'elles étaient pour elle. Mais vous, vous doutiez-vous que ma tristesse et mon silence étaient pour vous! Vous l'aimez, elle vous aime ; bientôt vous serez ensemble. Je lui ai dit souvent que vous méritiez son amour; pour cela, pardonnez-moi de n'avoir pas su étouffer mon cri. C'est la dernière fois que vous l'entendrez. Vous êtes là, je ferme les yeux et je me dis que je n'ai qu'à les ouvrir pour vous voir, et je me dis que ce souffle que je sens dans mes cheveux, c'est vous. Comme c'est doux tout cela ! Mais je me dis aussi que c'est la dernière fois, que jamais, jamais plus, vous ne serez si près de moi, si tendrement penché sur moi, jamais plus!

Pauvre créature! Non seulement elle n'a cherché à me détacher de Marie, mais elle l'a exhortée à croire en moi. Elle a eu l'énergie de vivre devant notre bonheur sans jamais se plaindre; elle s'est appliquée à nous cacher sa souffrance, comme ces malades qui taisent leur mal par crainte d'importuner ceux qui se portent bien! Si elle avait eu un cri de révolte, je l'écouterais avec moins d'émotion. Mais ces larmes de résignée! Une peine profonde me serre le cœur. C'est par moi qu'elle souffre, et je ne peux rien pour la soulager. Je n'ose plus lui parler, parce que, les seules paroles qui lui feraient du bien, je ne peux pas les lui dire. Alors, sur mon âme s'abat une tristesse telle que je n'en imagine pas de plus amère : tristesse de me dire qu'être aimé quand on n'aime pas n'est rien.

Maintenant elle a la tête renversée en arrière, les bras pendants. Elle ne pleure plus. Son visage est plus poignant ainsi, sans contraction, sans larmes, figé dans une expression de douleur muette. Elle est arrivée à cet épuisement qui suit les souffrances vives. Je n'ose ni lui adresser la parole ni la toucher. Un frisson retient ma voix et mes mains, pareil à celui qu'on éprouve lorsqu'on s'apprête à poser les doigts sur une plaie à vif.

Je voudrais cependant la consoler, lui dire que dans la vie je serai son frère. Elle tourne la tête vers moi, qui suis debout, appuyé au dossier de sa chaise, prend mes mains et s'en couvre la poitrine. Un sourire a modifié l'expression de ses traits, mais pour y mettre plus de mélancolie, un sourire pénible parce qu'il est un effort. « Restez », me dit son regard, qui a une douceur déchirante, « restez ».

— Accordez-moi cela, prononce-t-elle : vos mains sur mon cœur un peu, c'est la seule et dernière fois.

Par pitié, je la laisse faire.

Le silence est retombé. Nous nous taisons, elle a mes mains dans les siennes et sa tête sur mon bras. Nous restons ainsi un grand moment. Après avoir hésité, tant je voudrais reculer pour elle l'instant de me quitter, je me décide, je me penche sur elle :

— Marthe, ma petite Marthe, nous sommes imprudents. Marie pourrait arriver.

A peine me suis-je tu que j'entends derrière moi un éclat de rire, et une voix, la voix de Marie!

— C'est un peu tard. Ne vous gênez pas. Il y a un moment que je vous regarde!

Je me retourne, stupéfait. Je suis en face de Marie. Elle se dirige vers la porte. Je me jette à ses genoux. Je veux la retenir. Mais elle se détourne, la figure impassible, les bras dans le geste qui dit que c'est fini; elle disparaît. Marthe, elle, pousse un grand cri. Je la vois trébucher, s'accrocher aux meubles, traverser le salon, d'un pas qui titube, puis s'en aller, avec des sanglots qu'entrecoupe un rire de folle. Je sors à mon tour. Dans le jardin obscur, je ne vois personne. Je cherche les deux sœurs. Elles n'y sont pas. Je vais sur la route. Je les appelle. Elles ne répondent pas. Sans savoir ce que je fais, je marche droit devant moi, au hasard, sentant que je vais bientôt tomber.

..... A la limite de Saint-Jean-de-Luz, au seuil de l'obscurité qui couvre la campagne, brille la lueur d'une boulangerie encore ouverte.

Machinalement, je regarde l'intérieur de la boutique. Dans une sorte de cage aux barreaux de bois, des sacs sont entassés. Sur un comptoir luit, parmi des tas de pains une haute balance de cuivre; et un homme dort, la tête sur un coude. Une bougie éclaire cet être et ces choses. Elle brûle droite, immobile, seule, silencieuse, telle la flamme d'un cierge au chevet d'un lit funèbre.

X

Sokori, à l'automne, vers la fin d'un après-midi.

Depuis huit jours, je vis dans une sorte de stupeur. Je ne suis pas sorti de chez moi, j'ai passé tout mon temps à attendre Marie, à me dire que, dès le soir de l'affreux jour, elle se sera reprise, et qu'ayant deviné quel sentiment me penchait sur Marthe elle viendra à moi, heureuse de s'être trompée, ou m'écrira. Chaque jour, je me suis répété : « Ce sera pour demain ». J'ai vécu dans l'espérance de sa venue ou de sa lettre. Mais une semaine s'est écoulée, elle n'est pas venue et ne m'a pas écrit. La vérité, que j'écartais de toute la force de ma volonté, comme on écarte les pensées qui font trop de mal, j'ai osé la regarder en face. J'ai eu le courage de me dire : « Marie m'a surpris, les bras autour de Marthe, ses lèvres sur mes mains. Personne au monde, ni Marthe, ni moi, ni les paroles, ni les larmes ne pourraient la convaincre que, de ma part, c'était comme si j'eusse fait une aumône. Ce souvenir est au fond de ses yeux; rien ne pourrait dissiper l'atroce erreur; tout est fini. » Alors, je lui ai écrit une lettre éperdue, et dans mon égarement je l'ai suppliée de venir à Sokori.

J'ai pris la route suivie tant de fois : Urrugñe, la place, le sentier qui grimpe en tournant et s'arrête devant le petit escalier de Sokori. Mais cette route que je gravissais le cœur tout tremblant d'impatience, aujourd'hui je la suis avec un déchirement. Je me dis que Marie, sans doute, ne sera jamais à moi, et mon âme se brise; puis, je me dis presque en même temps que je vais la voir, et ce plaisir est si fort qu'il me fait oublier que je monte à Sokori probablement pour un adieu. Mais comment exprimer le vertige que composent cette joie et cette souffrance !

Je monte le petit escalier, je franchis le petit mur; et tout de suite, quand je vois l'entrée de la chapelle, son ogive, son banc, les souvenirs m'assaillent avec force. Le banc surtout m'émeut, et surtout l'endroit où il forme un coin; car c'est là qu'elle s'asseyait. Et le porche! il me semble que j'entends encore dans son silence le bruit léger de l'éventail.

Ce décor qui fut notre endroit secret me met au cœur un affreux serrement; puis, la mollesse de l'automne le rend plus pathé-tique. Il y a dans l'air quelque chose d'adouci, et dans la forme inclinée des arbres comme une résignation à mourir. Il fait clair dans Sokori parce que les feuilles sont tombées : cette clarté, dans ce jardin que j'avais coutume de voir baigné de la pénombre de ses arbres, lui donne cet air nu et si triste d'une chambre familière dont on vient brutalement d'ouvrir toutes grandes les fenêtres après l'avoir vidée.

Ah! quel pays, en cette saison surtout, pour ceux qu'attendrit une souffrance! Et Sokori, quel endroit pour se dire adieu! D'ici, comme les montagnes sont douces à regarder! A gauche, il y a un sommet arrondi d'une façon si molle qu'on a envie de le caresser. Là-bas, au fond, ces autres montagnes, plus émouvantes parce qu'elles sont en Espagne, ont quelque chose de couché qui fait penser à l'attitude du sommeil. On dirait que c'est l'air qui a façonné leurs contours. L'automne, en jaunissant leurs herbes, leur a fait des pentes soyeuses.

Comme je m'accoude au petit mur pour regarder l'autre côté du paysage, j'aperçois une forme qui bouge.

Quelqu'un qui avance !

Est-ce parce que l'automne et le chagrin ont un peu engourdi ma fièvre? Je n'ai pas trop d'étonnement quand je reconnais Marie. Seulement, à la seconde où je distingue son visage, j'ai l'affreuse sensation que je l'aime plus que jamais.

En quelques pas, elle est au petit mur. Elle gravit l'escalier, me tend la main, sans un mot, et, d'un geste un peu troublé, m'indique de la suivre jusqu'au porche, comme si le jardin n'était pas un lieu assez sûr.

La chaux blanche, l'autel derrière sa grille de bois, les bancs de pierre, la voûte basse! Avec quel battement de cœur je vois sur le front de Marie un pli qui est de l'émotion! Mais sans doute la scène de l'autre jour s'impose à sa mémoire avec plus de force que tous les souvenirs de Sokori, car le pli s'efface.

Debout, comme quelqu'un qui n'a pas le temps, et de cette voix sourde, sans ton, que l'on a lorsqu'on prononce des paroles apprises, elle me dit :

— Je ne suis pas venue ici avec l'intention de vous reprocher quoi que ce soit. Marthe a voulu m'expliquer, vous justifier... Je puis la croire : en ce cas, je ne puis ignorer qu'elle vous aime; et de toute façon, comment oublierais-je que je l'ai vue dans vos bras? Entre vous et moi, il y a désormais, pour toujours, Marthe et cette scène. Demain, nous quittons Saint-Jean-de-Luz; c'est la dernière fois que nous nous voyons.

Elle a dit cela !

Le silence que j'avais sur le cœur cède au choc des atroces paroles. Avec la violence d'un accès, ma révolte et ma douleur se réveillent. Perdre Marie ! Cette idée met dans ma tête comme une secousse de folie. Puis, malgré moi, j'en veux à Marthe ; et ce ressentiment excite ma volonté de me défendre.

— Mais c'est affreux ! dis-je, je n'aime pas Marthe, je ne l'ai jamais aimée, je n'ai rien fait pour qu'elle m'aime. J'ignorais qu'elle m'aimât. Quand elle me l'a avoué l'autre jour je l'ai laissée faire, parce qu'elle m'inspirait de la compassion, j'ai agi comme vous eussiez agi vous-même, si quelque malheureux s'était traîné à vos genoux.

Marie ne répond rien. Elle a ce regard de côté que l'on a quand on laisse parler quelqu'un qui veut vous convaincre, mais qu'on n'écoute pas parce qu'on ne veut pas être convaincu.

Alors je ne cherche plus à la persuader ; je vois bien que c'est inutile. Ma colère, mon ressentiment contre Marthe tombent d'un coup. J'ai la sensation de quelque chose d'affreusement sensible qui se casserait en moi. J'éprouve aussi comme une lassitude douloureuse : la résignation de l'innocent après l'arrêt de mort, quand toutes ses protestations sont vaines.

Elle fait un pas en avant pour partir. Je lui serre les poignets ; et il y a sans doute tant de désespoir dans mes mains qu'elle obéit. Elle s'assied sur le petit banc de pierre, comme jadis.

Je veux la regarder encore. Quel endroit, quel moment pour contempler ce visage une dernière fois, pour lui dire adieu de toute mon âme ! Point de soleil, rien qu'un voile gris et inerte, pareil à une immense vapeur. Autour de nous règne un enchantement qu'on ne saurait définir. C'est mystérieux comme une fascination. Il y a dans l'air quelque chose d'émouvant et de fragile, à la façon d'un dernier éclat de beauté. On dirait que tout ce qui est la nature s'est courbé pour recevoir la mort.

Au dehors du porche, une petite pluie commence à tomber. A chaque seconde, je sens que Marie va se lever pour partir. Je me retiens de respirer.

Sur ce sommet de Sokori, l'automne a réuni ses plus pénétrantes magies. Le silence a quelque chose d'attentif. Les arbres, avec leurs branches pendantes et nues, font penser à des gestes las. De la terre mouillée monte une senteur végétale, plus secrète que l'odeur de la mousse, plus triste que l'odeur de la rouille. De temps en temps, un rouge-gorge, un seul, enfonce dans le silence un petit cri pointu : c'est tellement bref qu'on n'a pas le temps de découvrir de quel endroit il sort; c'est une note si timide qu'elle révèle, dirait-on, chez l'oiseau, une intention d'être discret, de ne pas déranger par trop de bruit la tristesse des arbres épuisés. Il y a dans l'espace comme un ralentissement, comme une diminution de toutes les activités qui font la vie.

Pourquoi faut-il que tout à coup ma pensée rapproche deux soirs inoubliables, le soir du bal et celui de notre premier rendez-vous chez moi ? Souvenirs déchirants ! Elle portait son léger collier d'aujourd'hui ; mais au lieu de cette grande paille molle, une simple mantille se posait sur l'enroulement de ses tresses. Ses cheveux, tous ses cheveux étaient ramenés en arrière, noués négligemment, comme pour être défaits par des doigts de plaisir. Si j'osais, je lui demanderais d'ôter son chapeau afin qu'elle m'apparût une fois encore, telle qu'elle était à ces deux moments extrêmes. Si j'osais ! mais quelle folie maintenant ! D'ailleurs, elle se lève.

Elle se lève. Quelque chose passe dans ses yeux et dans son silence. Je ne sais quoi raidit tout son corps dans une attitude d'arrêt. Évidemment elle aura réfléchi à mes paroles, ses doutes se seront dissipés, la chapelle enchantée lui aura conseillé de rester, de me croire. Évidemment elle va me donner ses mains, s'asseoir de nouveau sur notre petit banc, s'appuyer sur moi. Minute décisive, durant laquelle elle hésite, durant laquelle j'attends. Non ! elle se ressaisit. Un frisson fait trembler ses épaules, la pousse hors du porche.

— Voici le soir, prenons garde ! dit-elle sans lever les yeux.

Et c'est tout.

Quelque chose de suprême et de solennel est en suspens dans l'air. Le jour s'éteint. Le paysage se dissout peu à peu dans l'effacement général : les montagnes ne sont plus qu'une longue ligne étirée; les arbres ont l'air d'être de la cendre. Seul, un pin parasol, pareil à un joli nuage, résiste à l'enveloppement de la brume; sa forme, pleine de grâce, met de la poésie sur toute la vallée. C'est l'heure des fumées. Des toits épars, çà et là, elles montent avec cette lenteur triste des fumées qu'exhalent les foyers qui achèvent de se consumer. De la terre sort une humidité qui annonce la nuit.

Marie fait quelques pas. Arrivée au petit escalier, elle se tourne vers moi, me regarde, je l'entends me dire adieu.

Je reste là, glacé, immobile, incapable de bouger. Elle descend l'escalier, longe le sentier, entre dans la brume, disparaît tout à fait. Elle ne s'est pas retournée.

Et c'est fini. Je m'en reviens, machinalement, vers le porche de la chapelle. Autour de moi, il ne reste plus que le soir, les morts, la pluie, l'automne...

IMPRIMERIE CRÉTÉ
CORBEIL (S.-ET-O.)

se

IERRE :
es *Etudes*

:s   des

siècle :
lent de
MIRA-
Mlle de
PINAY,
)LAND,
ince de

*'LII*e* siè-
: PRE-
ACLOS,
:, FLO-

MBERT,
MAR-
d'HOL-
)RCET.

MIRA-
NIAUD,
E, CA-
ROYER-
)RDAN,
s..

: Lettres

Extraits
g et du

omplèt
es *d'Exil.*
D : *Les*

iportants

ians.

le Curé
rdugo.
Adolphe

Œuvres

n *Enfant*

serbes.
Croyant

rançaises.

r. 50

E

www.ingramcontent.com/pod-product-compliance
Ingram Content Group UK Ltd.
Pitfield, Milton Keynes, MK11 3LW, UK
UKHW022339070726
13614UKWH00003B/1092